Plans
Diaboliques

Table des matières

6 DEGRÉS DE SÉPARATION

PLANS DIABOLIQUES

La sphère entra dans l'atmosphère et s'enflamma. Il n'y avait aucun danger pour son contenu, elle avait été conçue pour être virtuellement indestructible.

Couché sur le capot de sa voiture, Andy fumait une cigarette et observait la ville illuminée lorsqu'il vit une boule de feu fendre le ciel. Croyant à une étoile filante, il fit un vœu : il voulait être riche.

S'il avait su ce qui allait suivre, il aurait réalisé à quel point son désir était futile.

3 h 05

La sphère traversa la baie vitrée de la chambre d'hôtel de James, rebondit sur le plancher et alla s'encastrer dans le mur. James avait payé pour une suite haut de gamme, donc seulement lui et Jamie (l'escorte dont il s'était offert les services parce qu'elle ressemblait à Elle Macpherson) furent réveillés par un vacarme infernal. Les autres résidents n'eurent jamais connaissance de l'intrusion.

James se leva, enfila une robe de chambre et se dirigea vers la source du bruit. Jamie le regarda s'éloigner en lui suggérant de faire attention. Il traversa le couloir en scrutant suspicieusement tout autour de lui et se rendit dans le salon où la baie vitrée fracassée laissait entrer l'air.

En observant les dégâts dans la pièce, il put déterminer la trajectoire de la sphère et la découvrir enfoncée dans le mur. Il s'approcha lentement et fit gaffe de ne pas mettre le pied sur un morceau de verre. Il se pencha, posa un genou par terre et étudia l'objet de plus près.

La sphère était totalement lisse, aucune égratignure ou bosse laissée par l'impact. La surface métallique était rosée, refroidissant de sa traversée dans l'atmosphère.

James n'était pas au courant de la provenance de l'objet, il était simplement curieux d'en toucher la paroi qui semblait aussi douce que la peau de Jamie. Il tendit la main, lentement sentant la chaleur s'en dégager. Il hésita un moment, cherchant dans sa culture personnelle si cette chose lui était familière. Ne trouvant rien, il se dit que ce n'était peut-être pas une bonne idée d'y poser les doigts puisqu'il ignorait ce que c'était et d'où elle provenait. Pour ce qu'il en savait, ça pouvait autant être une bombe qu'une pièce d'avion s'étant détachée en vol.

Lorsque James, fébrile, se décida à poser un doigt sur la sphère, Jamie hurla :

« James, qu'est-ce qui se passe? »

James sursauta, tomba sur le cul et rit, se sentant stupide. Il respira un coup et répondit :

« Rien. En fait non, ce n'est pas rien, je crois qu'un avion vient de perdre une pièce et qu'elle est tombée dans notre chambre.

- Quoi? »

Il entendit les draps se froisser, signal que Jamie venait par elle-même se rendre compte de la situation. James décida que c'était le moment ou jamais de vérifier la douceur de la sphère qu'il pourrait comparer à celle des fesses de Jamie. Il y posa un doigt.

Tout se déroula en une fraction de seconde : la surface lisse de la sphère s'ouvrit pour laisser sortir une pointe crochetée, retenue par un bras malléable, qui vint se planter entre les deux yeux de James qui se mit à hurler plus par surprise que par douleur. Son cri fut de courte durée mais suffisant pour stopper Jamie dans son élan. La sphère se délogea du mur, tracté par le manche, passa par-dessus la tête de James et se logea à la base du crâne, remplaçant le cervelet. À l'intérieur de sa tête, des milliers de trous microscopiques apparurent sur la paroi polie de la balle métallique, laissant s'échapper des filins qui enveloppèrent le cerveau de James pour en prendre le contrôle. Il n'était plus utile à son propriétaire, car il était mort.

La boule extraterrestre par contre allait en faire bon usage. Les fils finirent leurs branchements et l'ordinateur se mit alors à fouiller les connaissances, la mémoire, les habiletés et les sens de James. En quelques secondes, il avait déterminé la prochaine étape de sa mission. Il s'agissait de Joan Berg qui habitait à quatre heures de voiture de l'endroit où il se trouvait. Il était temps de se mettre en route.

Jamie qui venait de sortir de sa stupeur entra dans la pièce au moment où James se remettait sur pied. Elle était quasiment nue, ne portant qu'un minuscule sous-vêtement servant à cacher la région pubienne. Elle ne remarqua rien de changé chez son amant, ne voyant pas la sphère enfoncée derrière sa tête.

« James, est-ce que ça va? »

L'étranger ne répondit pas à sa question, étudiant dans les connaissances de James la fragilité du corps humain. Vif comme l'éclair, l'homme agrippa la prostituée par sa longue chevelure provoquant des hurlements de terreur. Il la traîna parmi les débris de verre lacérant sa peau de satin. Les pieds de James étaient eux-mêmes meurtris par les morceaux de vitre, mais la douleur n'était qu'une information pour l'ordinateur et ne l'empêchait aucunement d'avancer. Jamie pleurait et suppliait de la lâcher. Lorsqu'ils traversèrent sur le balcon, ses cris doublèrent d'intensité craignant la suite des événements.

Quelques secondes plus tard, le corps de Jamie défonça le toit de la limousine qui venait de stopper devant la porte de l'hôtel. L'impact tua le chauffeur sur le coup et engendra les hurlements de la vedette de cinéma accompagnée de ses invitées qui occupaient l'arrière de la voiture.

6 DEGRÉS DE SÉPARATIONS

Profitant de la commotion provoquée par la chute mortelle de Jamie, la sphère, habillée du corps de James se faufila hors de l'hôtel. Elle grimpa dans une voiture laissée en marche par un curieux qui voulait voir le cadavre de la femme nue de plus près. Le véhicule décolla sur les chapeaux de roues, écrasant son propriétaire, et blessa grièvement sept autres passants avant de disparaître à l'intersection suivante.

4 h 30

L'ordinateur dans la tête de James ramena à deux heures et quart le temps estimé avant sa rencontre avec Joan Berg. Les quatre heures de départ avaient été calculées selon les paramètres de James qui ne dépassait jamais les limites de vitesse permises et se contentait de suivre la circulation. La sphère de son côté poussait la voiture à son maximum sans mettre la mécanique de l'auto en danger. Dans peu de temps, elle prendrait contact avec Joan.

Les gyrophares d'un véhicule de police apparurent dans le rétroviseur accompagnés de la sirène annonçant leur présence. La balle métallique rechercha les connaissances de James pour en arriver à la conclusion qu'elle devait s'arrêter sur le bord de la route. Elle ralentit et stoppa la voiture.

Le policier étudia longuement dans les données de son ordinateur de bord avant de descendre de la voiture. Il dégaina son arme et s'approcha du véhicule volé précautionneusement essayant de ne pas perdre James de vue. Il lança son ordre :

« Monsieur, veuillez sortir les bras par la fenêtre pour que je puisse m'assurer que vous n'êtes pas armé. »

James obtempéra, donnant confiance au policier qui attrapa la paire de menottes attachée à sa ceinture et se rapprocha de la voiture. Il rangea son arme et installa les bracelets aux poignets de James.

Les deux mains menottées agrippèrent soudainement le bras droit du policier et tira celui-ci avec la force incroyable que la sphère permettait au corps de James d'engendrer. Dès la première entrée en collision de la tête de l'agent avec le toit de la voiture, il perdit conscience. James recommença une deuxième fois, puis une troisième et une quatrième fois. Lorsque le sang se mit à dégoutter, il cessa de fracasser l'agent de la paix contre la carrosserie, sachant pertinemment qu'il était mort.

C'est en faisant crisser les pneus que James reprit la route, laissant un cadavre au milieu de la chaussée éclairé par les gyrophares.

6 h 25

James stationna la voiture devant la maison de Joan Berg. Il descendit du véhicule et jeta un œil aux alentours. Il y avait très peu de va-et-vient à cette heure. Un camelot à vélo passa à ses côtés et lança un journal sur le terrain de Joan.

Il remonta l'allée et une fois devant la porte, il cogna. Quelques instants s'écoulèrent avant que Joan vienne lui ouvrir. Elle se tenait derrière la porte vitrée, la surprise dans les yeux, la bouche entrou-verte par l'étonnement. C'est à ce moment que les souvenirs de James firent une récapitulation de sa relation avec Joan.

Quelques années auparavant, ils furent amants, passionnés et amoureux. Ils vivaient une belle histoire jusqu'à ce que James foute tout en l'air en ayant une aventure avec un mannequin qu'il avait rencontré dans un bar. Joan était en dehors de la ville pour affaires et James en profita pour ramener la modèle à la maison pour baiser. Joan revint une journée plus tôt de son voyage et surprit ce James et son amante endormis, entortillés l'un dans l'autre. Quelques hurlements de colère et de vaines explications plus tard, elle était partie.

Joan ramena l'habitant du corps de James au présent. La femme qui avait fait son chemin dans la vie depuis leurs rupture croyait la vieille blessure guérie. Pourtant, elle se réinfecta aussitôt.

« Qu'est-ce que tu veux? »

James ne répondit pas, l'ordinateur installé dans son crâne établissait la suite des événements et calculait le taux de réussite de chacun des scénarios.

« Va-t'en, tu m'as assez fait mal comme ça, je ne veux plus jamais te voir. »

La sphère avait choisi son plan, celui que beaucoup d'hommes utilisaient pour parvenir à leurs fins : mentir.

« Je suis venu m'excuser pour tout ce que je t'ai fait. »

Pour la deuxième fois depuis qu'elle avait ouvert la porte, Joan fut toute retournée par la situation.

« Toi, tu es venu t'excuser pour le mal que tu m'as fait. Toi, l'être parfait qui ne demande jamais pardon car tes actions sont toujours faites en toute connaissance de cause. (Son ton devint agressif) Toi qui a baisé cette salope dans notre lit. Tu peux repartir à l'instant, je ne te pardonnerai jamais.

- Laisse-moi entrer et laisse-moi te dire ce que j'ai à te dire, ensuite je partirai. »

Il posa la main sur la poignée de porte et attendit. Il se préparait à attaquer si elle lui refusait d'entrer. Pendant un instant, il crut effectivement qu'elle le laisserait moisir sur le porche lorsqu'une lueur traversa le regard de Joan; elle était toujours amoureuse de lui.

« Tu as cinq minutes », annonça-t-elle.

Le ton de sa voix avait changé, l'agressivité sonnait faux. Il entra et referma la porte derrière lui. Joan lui avait tourné le dos pour lui montrer le chemin de la cuisine si bien qu'elle n'eut jamais conscience de ce qui se passa ensuite.

La sphère cessa ses activités dans le corps de James, rétracta les filins qui enveloppaient le cerveau de son hôte et se projeta sur Joan. Une lame pointa hors de la balle métallique, perçant la nuque de la femme. L'ordinateur prit la place du cervelet et se connecta à l'encéphale de son nouvel hôte avant même que le cadavre de James ait touché le sol.

Elle se mit à la recherche des informations nécessaires à la suite de sa mission et ne fut pas longue à fixer sa cible : Charles Fairchild, PDG de Micro Nine. Elle se tourna vers la porte, enjamba le corps de James et sortit de la maison.

PLANS DIABOLIQUES

Selon les connaissances recueillies jusqu'à maintenant par l'occupation parasitaire de deux cerveaux, la sphère décida qu'il ne serait pas prudent de prendre le même véhicule qui l'avait menée jusqu'ici. De toute façon, Joan possédait une jolie Volkwagen blanche que lui avait offerte Charles, son amant.

6 h 37

Joan brûla tous les feux de circulation la menant à l'autoroute et lorsqu'elle tenta de prendre sa place dans la voie de droite, un homme dans sa Audi tenta de l'empêcher de passer. Donnant un violent coup de volant, la Volkswagen poussa l'Audi sur son voisin de gauche, qui percuta le rempart de béton stoppant net sa course. Les voitures qui suivaient les percutèrent ainsi que 17 autres véhicules. Alors que Joan faisait rugir le moteur de la voiture tout en zigzaguant dans le trafique, derrière elle, un terrible carambolage faisait rage.

7 h 03

Joan stationna la Volkwagen en face de l'édifice de Micro Nine. Elle prit l'ascenseur, se rendit au 19e étage et se planta devant le bureau de Monique, la secrétaire de Charles. Elle était en train de prendre rendez-vous avec son esthéticienne pour la fin de la journée. Elle raccrocha le téléphone, leva des yeux emplis de mépris en direction de Joan et dit simplement :

« Il n'est pas disponible. »

Joan tourna la tête en direction du bureau de Charles et s'y dirigea sans rien ajouter. Monique tenta de l'attraper par le bras, mais Joan se défila et elle ne put la rejoindre qu'au moment où la maîtresse de son patron posait la main sur la poignée de la porte. Elle lui aggrippa l'épaule et l'obligea à se retourner.

Lorsque Joan eut fini son demi-tour, Monique fut traversée par un sentiment de panique en voyant la colère dans ses yeux.

6 DEGRÉS DE SÉPARATIONS

« Ne me touche pas, salope », ordonna Joan d'une voix calme, mais menaçante.

Monique retira sa main. Joan entra dans le bureau.

Charles, discutant au téléphone, fut surpris de l'apparition de sa maîtresse dans son bureau. Il termina son appel le plus rapidement qu'il put. Joan approchait à grands pas vers sa table de travail, Monique trottinant derrière elle. Une fois qu'il eut raccroché, il sourit aux deux femmes. Sa secrétaire commença par bégayer de plates excuses, mais Charles la coupa.

« Ça ira Monique, laissez-nous seuls. »

Elle jeta un regard rempli de fiel à Joan, tourna les talons et quitta le bureau en refermant la porte derrière elle.

Une fois que le calme fut revenu dans la pièce, Charles posa les yeux sur son amante et dit :

« Tu sais ma jolie que ça me fait toujours un grand plaisir lorsque tu me surprends comme tu viens de le faire, mais venir ici, au bureau, c'est très dangereux. Tu sais ce qu'il adviendrait si ma femme arrivait à l'improviste? »

Pendant que Charles parlait, Joan fit le tour du bureau et vint se placer derrière son amant et commença à lui caresser la nuque.

« Il faut être prudents ma chérie, ajouta-t-il à demi concentré. Je pourrais perdre ma compagnie si elle découvrait ce qui se passe entre nous, tu comprends? »

Il voulut se retourner pour la regarder en face, se perdre dans ses yeux, mais elle lui tint la tête droite.

« Qu'est-ce que tu fais? »

La sphère quitta le corps de Joan et vint prendre place dans celle de Charles. La dépouille de la femme s'effondra sur le sol au même instant où Charles, contrôlé par l'ordinateur extraterrestre, se leva pour continuer sa mission.

Il sortit du bureau, referma la porte derrière lui et donna ses directives à sa secrétaire :

« Je sors acheter une bouteille de champagne, mais surtout des condoms. Je vais baiser la femme qui est dans mon bureau. Elle est en train de faire chauffer le moteur, si vous comprenez ce que je veux dire, alors de grâce, ne la dérangez pas. »

Il fit quelques pas vers l'ascenseur, se retourna et ajouta :

« Veuillez annuler mes rendez-vous de la journée, voulez-vous, et si ma femme appelle, dites-lui que je ne rentrerai pas à la maison, ni ce soir, ni jamais. »

Lorsque la porte de l'ascenseur se referma l'emmenant au stationnement souterrain, il laissa les témoins de la scène totalement estomaqués.

9 h 08

Assise au bord du hublot dans un avion survolant l'Atlantique, la sphère dans la tête de Charles compara la technologie terrienne à celle provenant de son lieu d'origine. Elle évalua la race humaine comme primitive et, en aucun cas, ne pouvant compromettre le succès de sa mission. Elle ferma les yeux et permit au corps de se reposer pendant qu'elle restait alerte.

13 h 37

L'avion amorça sa descente vers l'aéroport lorsque la sphère décida qu'il était temps de réveiller le corps.

14 h 17

Bousculant tout le monde sur son chemin, Charles passa les douanes sans aucune valises et affirma qu'il était là par plaisir. Si l'on avait doté la sphère de sentiments, c'est effectivement par plaisir qu'elle se serait rendue en Europe. Sa mission était la raison de son existence et son exécution était son plus grand bonheur.

Alors qu'il allait mettre les pieds en terre européenne, Charles fut arrêté par deux policiers en civil qui lui demandèrent autoritairement de les suivre.

6 DEGRÉS DE SÉPARATIONS

14 h 25

On avait découvert le cadavre de Joan dans le bureau de Charles Fairchild. S'étonnant qu'il ne revienne pas, Monique était entrée dans le bureau de son patron et fit la macabre trouvaille. Les policiers d'Amérique, poursuivant leurs recherches jusque chez Joan, trouvèrent un autre corps, celui de James. On vérifia le numéro d'immatriculation d'une voiture suspecte stationnée devant la maison de Joan. Le toit côté conducteur cabossé, la grille du radiateur brisée, ensanglantée et piquée de morceaux de chair, la dite voiture était très louche. Remontant à la source, trois autres cadavres et plusieurs blessés se rajoutèrent à l'histoire.

La sphère fut étonnée que ces êtres à l'intelligence aussi réduite aient pu remonter le fil de sa mission en si peu de temps. Voilà qui compliquait un peu les choses…

… mais très peu.

D'un bond par-dessus la table de la salle d'interrogatoire, Charles attaqua avec une incroyable rapidité, laissant les deux agents trop surpris pour réagir de quelque façon que ce soit. Il atterrit les pieds joints sur la cage thoracique du policier assis en face de lui, le faisant basculer sur le dos et lui écrabouillant les os. Le flic mourut sur le coup, la poitrine comprimée entre le plancher et les pieds de Charles. Le deuxième agent sortit de sa torpeur, dégaina son pistolet et le pointa en direction de Charles qui le désarma d'une main et le repoussa de l'autre.

Il mit l'agent en joue, mais ne tira pas, il devait être discret. Un coup de feu alerterait toute la sécurité de l'aéroport rendant sa mission plus difficile. Le policier tenta de parlementer, mais la sphère lui prit son badge et lui demanda poliment de se taire. L'autre obtempéra.

Charles lui fendit le crâne avec la crosse du revolver.

14 h 57

Le badge attaché à son veston, Charles n'eut aucun problème à sortir de l'aéroport, réquisitionner un véhicule et se diriger vers sa prochaine cible.

PLANS DIABOLIQUES

16 h 07

Il grimpa dans le train au moment où ce dernier quittait la gare. Il ne perdit pas son temps et se rendit directement à la cabine de pilotage du TGV. Lorsqu'il entra dans la pièce, Bob, le conducteur sursauta. C'était son oncle.

« Charles, mon petit, qu'est-ce que tu fais ici? »

C'était un gentil vieillard, au seuil de la retraite, et il adorait son neveu.

Apparemment, il n'était pas au courant de son évasion de l'aéroport.

« Tu aurais dû m'avertir que tu venais me voir, j'aurais pris congé pour que l'on passe la journée... »

Bob laissa sa phrase en suspens, intrigué par les fils qui s'échappaient derrière la tête de Charles.

« Qu'est-ce qui se pass... »

La sphère bondit de Charles à Bob qui tenta en vain de se protéger de ses mains. En une fraction de seconde, elle avait pris le contrôle du conducteur de train. Elle jeta un œil sur le cadavre de Charles sur le plancher et forma un plan pour faire disparaître le corps et simuler la mort de Bob.

Un fil s'échappa de la boule et vint se brancher dans l'ordinateur du TGV. Elle programma le ralentissement du véhicule pour permettre à Bob de descendre sans se blesser, suivi d'une accélération extrême qui ferait dérailler l'engin ou entrer en collision avec un autre train. Elle inséra aussi dans le logiciel du TGV, un virus informatique qui empêcherait quiconque de stopper sa course.

16 h 43

Longeant une route de campagne, Bob fut dépassé par plusieurs camions de pompiers et d'ambulances qui se rendaient vraisemblablement sur les lieux d'un terrible accident.

Le déraillement d'un train sans doute.

6 DEGRÉS DE SÉPARATIONS

Une voiture vint à passer et s'arrêta lorsque Bob leva le pouce pour quémander un bout de chemin. C'était une vieille dame aux convictions religieuses très ancrées qui voyait en Bob l'occasion de faire une bonne action. De plus, elle préférait aider une personne d'un âge similaire au sien, plutôt qu'un de ces jeunes « punk » qui pourraient lui voler son sac à main après l'avoir brutalisée ou violée sous la menace d'un couteau.

Bob la tua en lui écrabouillant la tête sur la fenêtre côté conducteur.

20 h 35

Bob stationna la voiture devant la maison du Dr Grant, une magnifique demeure ancestrale sur un domaine de plusieurs kilomètres. Lorsqu'il descendit du véhicule, la porte de la demeure s'ouvrit laissant apparaître Louis Grant et sa femme Karen qui, malgré leur surprise de voir Bob, en étaient heureux.

« Robert, mon ami, que je suis content de te voir. Je viens de recevoir un appel de la compagnie de chemin de fer qui vient de m'annoncer la tragédie. J'allais me rendre sur les lieux pour aider. Nous étions inquiets pour toi. »

Bob avança vers eux d'un pas décidé, s'arrêta sur le bas des marches et leur sourit.

« C'est le destin. Le jour où je décide de prendre congé, une catastrophe se produit. Je n'ose pas imaginer l'apocalypse qui suivra le jour où je prendrai ma retraite. »

Il rit de sa blague, mais son hilarité n'était pas partagée, il rajouta donc :

« Désolé, c'est les nerfs. C'est moi qui devais conduire ce train.

- Ne t'inquiète pas vieil ami, je comprends. »

La femme du docteur acquiesça puis invitèrent Robert à entrer.

C'est lorsque Karen s'absenta pour aller préparer le café que la sphère décida de changer de corps. Il n'y eut aucune peur dans les yeux du Dr Grant quand les fils, tels des tentacules, apparurent derrière la tête de Bob, et propulsèrent la balle dans sa direction. En fait, il était plutôt fasciné par le phénomène.

Dommage qu'il n'ait pas eu plus de temps pour l'étudier.

Lorsque Karen revint de la cuisine avec le plateau, elle ne remarqua pas tout de suite que le cadavre de Bob siégeait à ses côtés. Ce n'est qu'après quelques questions sans réponse qu'elle pris conscience de la totale immobilité de son invité. Elle tendit la main pour secouer Bob qui tomba sans vie sur le plancher. Louis se leva pendant qu'elle constatait le décès du conducteur de train et se tint derrière elle, prêt à la tuer. À peine avait-elle laissé échapper la première note aiguë de son cri de terreur, il lui brisa la nuque l'envoyant rejoindre Bob sur le tapis.

Il appela le pilote de son jet privé pour lui signifier de préparer l'avion, car il devait se rendre aux États-Unis au plus vite. Ce fut ensuite au tour du chauffeur de la Rolls-Royce d'être averti de sa destination. C'était soir de congé du reste de ses employés, on découvrirait les corps de Bob et Karen que le lendemain matin.

21 h 40

Assis confortablement dans l'un des sièges de son avion privé, Louis appela sa prochaine et dernière cible. C'était un homme occupé et dur à approcher, mais Louis le connaissait personnellement et l'urgence qu'il inventa s'avéra très plausible et le président des États-Unis accepta de le rencontrer le soir même.

Louis sortit ses instruments de chirurgie pour camoufler la présence de la sphère derrière sa tête.

Minuit

L'agent des services secrets le fouilla lorsqu'il entra dans la Maison-Blanche. Il était bougon, car on lui avait demandé de reprendre son poste alors qu'il venait tout juste de se mettre au lit. Il devait assurer la protection du président qui recevait un ami. Contrairement à ce qu'il avait pensé au départ, il ne s'agissait pas d'une pute hors de prix dont on achetait le silence avec un pourboire astronomique, mais d'un médecin en provenance d'Europe qui devait discuter avec le président de l'avenir de la planète. L'invité ne portait aucune arme sur lui, mais avait une vilaine blessure derrière la tête qui enflait sous les points de suture. Son instinct, qui ne lui mentait jamais, lui indiquait qu'il y avait quelque chose de louche chez le Dr Grant.

« Vous avez une vilaine blessure derrière la tête, monsieur.

- Ça paraît pire que c'est en réalité. Un stupide accident de jardinage. Vous ne me croiriez pas si je vous racontais.

- Essayez toujours. »

Louis le regarda avec un sourire bienveillant.

« Ça me ferait plaisir de vous raconter mes déboires – il regarda le badge de l'agent –, agent Smith, mais le président m'attend et ce dont nous avons à discuter ne peut pas attendre.

- Je suis désolé monsieur, mais ça devra attendre le temps que nous éclaircissions le mystère de votre blessure.

- Jeune homme, un attentat terroriste se trame contre votre pays et je détiens des informations importantes qui pourraient l'empêcher. Je dois parler au président.

- Désolé monsieur, mais vous ne verrez pas le président tant que... »

L'agent ne put terminer sa phrase. Foudroyant, Louis lui décrocha un crochet qui fit décoller Smith du sol et l'envoya atterrir quelques mètres plus loin, inconscient. La sphère savait que l'agent secret n'était pas mort, seulement évanoui. Peu impressionnée par sa force, elle s'avança pour l'achever lorsqu'on cria :

« Pas un geste! »

Un deuxième agent venait de tourner le coin, arme au poing.

Louis vira les talons et se mit à courir à une vitesse phénoménale, mais l'agent armé ne perdit pas de temps à essayer de comprendre et tira en direction du Dr Grant. Les deux premières balles finirent leur chemin dans les murs de la Maison-Blanche, mais la troisième toucha sa cible. Le projectile frôla la colonne vertébrale du Dr Grant, transperça le rein gauche, l'estomac et ressortit à la droite du nombril. Louis perdit l'équilibre, tomba sur un genou, mais dans son élan, réussit à se remettre debout et à continuer sa course. Il déambulait dans les couloirs sachant exactement où il allait.

En tournant le dernier coin, avant d'arriver au bureau du président, il tomba face à face avec deux agents. D'un coup de coude, il enfonça le nez du premier, le tuant instantanément et tenta de frapper le deuxième qui réussit miraculeusement à éviter son poing en se laissant choir avec son collègue. Louis continua sa course lorsque l'agent fit feu. La balle fit exploser le genou gauche de Louis qui utilisa son autre jambe pour se propulser au travers de la porte du bureau présidentiel.

Il y eut un nouveau coup de feu et le cerveau du Dr Grant fut traversé de part en part. L'arme au poing, de la fumée s'échappant du canon, le président semblait sous le choc d'avoir personnellement tué non seulement un homme, mais surtout un ami. Alors que le corps du docteur Grant s'effondrait sur le sol, il vit une sphère s'éjecter de sa tête et s'élancer dans sa direction. Il tira à l'aveuglette espérant repousser son assaillant qui fendait l'air, mais ce fut vain, car, dans les instants qui suivirent, le président était mort et la l'ordinateur extraterrestre prenait le contrôle de l'étape ultime de sa mission.

L'agent qui avait survécu miraculeusement à l'attaque du Dr Grant quelques secondes auparavant, entra dans la pièce arme au poing. Il vit le corps du Dr Grant troué à plusieurs endroits, se vidant de son sang. Il leva les yeux pour féliciter le président de sa dextérité à l'instant même où ce dernier appuyait sur la détente. La cervelle et le sang de l'agent se mélangèrent aux fluides de Louis.

Un deuxième agent se présenta dans l'embrasure de la porte et fut projeté sur le mur du couloir par une balle présidentielle.

Un troisième agent dut mourir avant que quelqu'un se mette à hurler :
« Le président a pété les plombs. »

6 DEGRÉS DE SÉPARATIONS

Il y eut un moment de répit, pendant qu'on essayait de parlementer. La sphère décida de terminer sa mission.

Il y a une rumeur populaire selon laquelle il y aurait un bouton rouge sur le bureau présidentiel et que, si on appuie dessus, une attaque nucléaire massive est déclenchée sur tous les ennemis des États-Unis. En fait, le bouton en question n'est pas directement sur le bureau du président, toute une section de la table de travail est un écran tactile. Il faut tout d'abord que le président prouve son identité à l'aide d'un lecteur d'empreinte digitale et de reconnaissance rétinienne. Apparaît ensuite un clavier numérique sur lequel il doit entrer un code à 16 chiffres confirmant la demande d'annihilation de la race humaine. La séquence doit être saisi deux fois, preuve que le président est sérieux dans son entreprise. Une fois cette étape accomplie, une autre section du bureau s'ouvre pour laisser apparaître le fameux bouton rouge.

Sans aucune hésitation, la sphère pointa le doigt vers la mise à feu.

C'est à cet instant que ledit doigt se désintégra, précédé d'un coup de feu.

Il y eut trois déflagrations supplémentaires, le président recevant les projectiles dans la poitrine. Il tituba pendant quelques secondes avant de s'effondrer derrière son bureau.

L'agent Smith, tenant son arme à deux mains, s'avança dans la pièce enjambant les cadavres. Il contourna le bureau pour découvrir le corps du président, couché à plat ventre dans son propre sang. Il remarqua alors quelque chose de bizarre, le mort avait un trou dans la nuque, détail qui lui rappela aussitôt la blessure du Dr Grant.

Il entendit le cliquetis du bouton rouge sur lequel on venait d'appuyer. Smith se tourna vivement en direction du bruit, l'arme pointée. De minces fils provenant de sous le bureau entouraient le bouton, l'enveloppant complètement. L'agent Smith se pencha pour regarder la source de ce filage et trouva la sphère pendue au bout d'une pointe plantée dans le bois. Il ne savait trop quoi faire devant ce phénomène, il agit donc au mieux de ses compétences. Il pointa la boule métallique et tira.

Le projectile ricocha sur la surface lisse de l'ordinateur extraterrestre et lui revint entre les deux yeux.

Mince consolation; Smith est mort en protégeant son pays.

La sphère rétracta ses fils et tomba sur le plancher. Sa mission terminée, le programme prit fin. De la machine perfectionnée qu'elle était ne restait plus qu'une inutile balle métallique, responsable de la dernière guerre mondiale.

3 h 05

Couché sur le capot avant de sa voiture, Andy cherchait son briquet dans les poches de son jean, il avait besoin de feu pour allumer sa cigarette.

Il vit une lumière descendre du ciel, il crut d'abord qu'il s'agissait encore d'une étoile filante et répéta son vœu de la veille. L'étoile en question descendit jusqu'à disparaître derrière les gratte-ciel du centre-ville. Son cœur nucléaire entra en fusion.

Andy n'eut plus besoin de son briquet. Il y avait du feu partout.

DESTIN

PLANS DIABOLIQUES

La diseuse de bonne aventure en faisait un peu trop selon Sarah. Elle gesticulait, faisant cliqueter les nombreux colliers de perles qui pendaient à son cou. De grosses bagues dorées surmontées de —fausses— pierres précieuses cachaient en grande partie ses vieux doigts jaunis par la cigarette. Ses vêtements amples et froissés ne semblaient pas de première fraîcheur et lors d'une de ses gesticulations, elle leva les bras au-dessus de sa tête, une pièce de vêtement décousue laissa entrevoir à Sarah une partie de l'anatomie de la bohémienne qu'elle ne souhaitait même pas imaginer. La coiffure de la vieille dame était grisonnante et tellement emmêlée qu'on pouvait la comparer à de la laine d'acier, le tout recouvert d'un bandeau qui terminait le portrait de la gitane aux puissants pouvoirs magiques.

Sarah n'était pourtant pas impressionnée, on lui avait recommandé cette voyante, mais il était évident qu'elle ne pourrait même pas prévoir ce qui lui arriverait si elle mangeait trop de pruneaux. En fait, elle était déçue. Elle avait toujours eu un intérêt pour tout ce qui était cartomancie, tarot, numérologie, lecture des lignes de la main ou du thé et autres méthodes divinatoires. Ce qui la décevait, c'est qu'après en avoir vu une trentaine, elle en était venue à la conclusion que si certains « devins » semblaient avoir un certain talent pour deviner l'avenir, il s'agissait plus de chance ou de probalité que de vrai pouvoir de divination.

DESTIN

La vieille gitane se mit à rire découvrant des dents encore plus ravagées par le tabac que ses doigts tordus. C'était un rire grinçant qui faisait l'effet du crissement d'ongles sur un tableau noir. C'était le gloussement des sorcières qui peuplaient nos cauchemars lorsque nous étions enfants. Sarah ramena son attention à ce que la vieille dame allait dire plutôt qu'à son apparence physique délabrée.

« Je vois l'amour ! s'exclama la vieille dame. »

La déception de Sarah continuait d'évoluer. L'amour ? La vieille sortait les gros canons dès le début de la rencontre. Suite aux nombreuses visites qu'elle avait effectuées chez les diseurs de bonne aventure, elle en était venue à se dessiner un schéma qui concordait avec chacune des rencontres. Le schéma consistait en trois sujets qui étaient abordés dans un ordre aléatoire selon la direction que le devin voulait prendre : l'amour, l'argent et la mort. Normalement, ils commençaient par l'argent, nous annonçant une rentrée d'argent prochaine qui serait la bienvenue. Ils enchaînaient ensuite avec l'amour, nous promettant une histoire à la Harlequin. Ils terminaient normalement en parlant de la mort, se faisant les oiseaux de malheur, prédisant la maladie ou le décès d'un proche. Ils choisissaient de terminer les séances sur ce sujet dramatique pour pousser le pigeon à revenir le plus tôt possible pour savoir si les détails flous de la dernière rencontre se seraient éclaircis. Il ne restait plus qu'aux charlatans à jouer avec ces trois sujets et d'en faire un téléroman de la vie du pigeon pour le laisser s'accrocher et le pousser à revenir plusieurs fois, le faisant payer chaque fois.

Sarah sortit soudainement de sa torpeur se rendant compte que la vieille continuait de parler.

« …et il entrera dans votre vie si doucement que vous remercierez le ciel que ça ait été si facile.

- Comment ?

- Je disais que l'amour entrera dans votre vie si doucement que vous remercierez le ciel que ça ait été si facile.

- Un homme ? Sans vouloir vous contredire Madame, j'ai renoncé à l'amour de contes de fées le jour où mon petit ami du secondaire m'a mise enceinte avec de belles paroles pour ensuite fuir ses responsabilités.

- Je sais, et lorsque vous avez fait une fausse-couche, il a tenté de revenir dans votre vie. »

Sarah fut surprise pendant quelques secondes, comment pouvait-elle savoir ça ? Puis en une fraction de seconde, elle émit l'hypothèse que la gitane devait avoir fait ses recherches, sans doute avait-elle discuté avec Julie (sa collègue de travail qui lui avait suggéré de venir se faire dire l'avenir par cette dame) ou des membres de sa famille pour découvrir ces détails juteux.

Sarah connaissait les stratagèmes que pouvaient inventer ces faussaires pour découvrir les squelettes dans les placards de leurs clients. Sans compter l'Internet où l'on peut de nos jours trouver une quantité astronomique d'information sur n'importe qui. Mais l'une de leurs méthodes favorites consiste en de faux sondages. Ils appellent les membres de la famille du pigeon se faisant passer pour une quelconque agence de publicité bidon pour interroger de façon subtile et faire remonter à la surface des poissons morts tels que l'avortement d'une jeune fille et ses déboires avec son petit ami sans cœur.

Sarah était aussi consciente qu'il n'y a pas panier plus percé que sa mère. Veuve depuis déjà un bon moment, elle adorait recevoir les appels de sondage ou de représentant d'une quelconque compagnie, elle passait le temps en discutant avec eux. Elle avait déjà tenu en ligne un vendeur de cellulaire pendant une heure. Ce dernier avait non seulement perdu cette heure à écouter la dame lui faire part d'un épisode de sa vie, mais il n'avait pas pu lui vendre ni téléphone ni forfaits pouvant l'accompagner.

« Donc, continua Sarah, vous devez être au courant que je ne crois pas au coup de foudre, à l'homme de ma vie ou au chevalier servant venant me chercher sur son grand cheval blanc. Vous essayez seulement de me remplir la tête de beaux rêves, mais vous allez devoir travailler plus fort que ça, je suis très coriace.

- Je suis au courant. Vous êtes sceptique et avec raison, vous avez rencontré tellement d'arnaqueurs. Je ne vais pas non plus essayer de vous convaincre de mes talents. Je vous dis ce que je vois et c'est tout.

DESTIN

Ce que vous en pensez et ce que vous en ferez m'est tout à fait égal. »

Sarah sourit, la franchise de la clairvoyante était désarmante, mais jusqu'à preuve du contraire, c'était une escroc tout comme les autres.

« Soit, je vous laisse faire votre travail et moi je me tais. »

- Je disais donc que vous allez rencontrer l'amour de votre vie incessamment. Il arrivera sans être attendu, il s'insinuera dans votre vie et vous passerez le reste de votre vie ensemble.

- Est-ce qu'il est beau, riche et célèbre ?

- Riche et célèbre, non, mais à vos yeux il sera très beau. En fait, il aura toutes les caractéristiques que vous recherchez chez un homme, Sarah lui lança un regard incrédule, malgré la liste gigantesque de caractéristiques que vous recherchez.

C'est une pro, pensa Sarah, elle connaissait son métier et avait un charisme extraordinaire qui vous faisait perdre pieds et vous entraînait dans ses fabulations. Il fallait être prudente.

« Vous ne trouvez pas que le reste de notre vie est une période de temps exagéré lorsque l'on considère la longévité des mariages de nos jours ? »

- Vous ne voulez certainement pas m'entendre parler de mariage, lança la vieille femme. Tout ce que je vous dirai par contre c'est que cette cérémonie n'est désormais qu'une parade d'enfants gâtés qui permet aux jeunes filles de jouer les princesses pendant une journée et aux gars de se faire payer des danseuses et des prostituées par leurs amis. Mais je m'écarte du sujet, il n'est pas du tout question de mariage dans votre cas, rien qu'un beau gros « flirt » qui durera éternellement. »

La vieille dame était enflammée par ses propos, on aurait cru que le fait de se trouver devant une sceptique pure et dure la remplissait de vigueur. Pourtant, son regard s'assombrit et prit un ton plus dramatique avant d'ajouter :

« Pour ce qui est de votre amour qui durera le reste de votre vie, ce n'est pas une période exagérée étant donné le peu de temps qu'il vous reste à vivre. »

Le deuxième sujet qui sera abordé aujourd'hui : la mort.

PLANS DIABOLIQUES

Sarah était un peu déçue, tout allait pourtant bien. Sans qu'elle y ait cru un instant, elle trouvait intéressant d'affronter une pro. Ce combat de volonté entre les deux femmes transformait cette séance conventionnelle de médium en quelque chose de beaucoup plus distrayant, mais la vieille allait tout faire s'écrouler en revenant aux lignes toutes écrites du scénario.

« Nous en sommes donc rendues à parler de la mort, lança Sarah. D'abord l'amour de ma vie et maintenant ma mort imminente. Nous n'avons même pas parlé d'argent encore, je vais sûrement recevoir un beau montant d'argent pour vivre mes derniers jours dans le luxe.

- Non, en fait, c'est votre mère et votre sœur qui recevront un beau montant d'argent. Vous n'y aurez pas droit.

- Ah, non ? Pourquoi est-ce que ma sœur...

Sarah coupa sa phrase se rendant compte qu'elle entrait à nouveau dans le jeu de la cartomancienne. Elle savait comment parler et vous emmener exactement où elle le voulait.

« Revenons-en à ma mort, comment est-ce que je vais quitter ce monde ?

- Vous aller mourir dans un accident d'avion. »

Voilà l'erreur fatale. La vieille venait de commettre la gaffe qui mit fin à la séance. Sarah se leva soudainement. Ça ne l'amusait plus. La vieille dame savait comment captiver son auditoire, mais il était évident qu'elle était une fumiste. Si, au départ, la confrontation l'avait intéressée, la connerie qu'elle venait de dire lui avait fait perdre la partie.

« Vous partez déjà ? demanda la vieille femme.

- Oui, répondit sèchement Sarah. On m'avait dit que vous aviez un véritable talent, mais il est maintenant évident que vous n'êtes qu'une excellente menteuse.

Sans se démonter nullement, la gitane s'appuya sur le dossier de sa chaise, remonta ses lunettes sur son nez et sourit à Sarah.

- Pourriez-vous m'expliquer, ma jeune amie, comment avez-vous pu déterminer en si peu de temps que je vous racontais des mensonges. »

La vieille voulait continuer la bagarre, songea Sarah. Elle voulait gagner, la laisser dans le doute. Elle décida de relever le défi. Elle lui raconta comment elle s'était rapidement rendue compte qu'elle suivait le scénario typique de la rencontre avec un médium, les trois sujets classiques abordés pour garder le client intéressé. La gitane la coupa;

« Si vous vouliez savoir autre chose ma petite, fallait le demander. Tout le monde vient me voir et me demande s'ils rencontreront l'amour un jour, s'ils vont devenir riche et si la mort les frappera eux ou un membre de leur famille. Je n'aborde normalement que ces sujets car ce n'est que ça qui intéresse les gens.

- Peut-être, mais vous avez tout de même commis une autre erreur.

- Ah, bon ? Qu'est-elle ?

- Vous avez dit que j'allais mourir prochainement dans un accident d'avion, chose qui est impossible puisque j'ai une phobie de l'avion. J'y suis monté une fois et on a dû faire atterrir l'avion à l'aéroport suivant pour me faire descendre. Non seulement je n'ai aucune envie de reprendre l'avion de toute ma vie, mais je suis fichée dans les aéroports et on ne me laisserait pas monter. Alors, dites-moi, quelle est votre explication sur ce sujet ?

- Vous allez mourir dans un accident d'avion, je n'ai rien à rajouter, à moins que vous vouliez que l'on passe en revue chaque détail de votre mort.

- Non, ça ira. »

Sarah sortit deux billets de 20 dollars de son porte-monnaie et les laissa tomber devant la vieille dame.

« Ne comptez pas sur moi pour vous faire une bonne réputation. Je pense plutôt mettre le plus de gens possible en garde contre vous. »

La vieille dame lui sourit, mais ne rajouta rien. Sarah tourna les talons et se dirigea vers la sortie, la colère alourdissant ses pas. Définitivement, la vieille riait d'elle. La porte claqua derrière elle.

De retour au bureau, Sarah stationna sa voiture à sa place réservée, arrêta le moteur et hurla. S'était sa méthode pour évacuer la colère qui l'envahissait. À quelques mètres de sa voiture, un garçon en rouli-roulant, surpris par le cri de Sarah, perdit pieds et se retrouva sur les fesses.

PLANS DIABOLIQUES

Maintenant calmée, elle attrapa son porte-documents et se dirigea vers la porte d'entrée de l'édifice à bureaux de 40 étages où elle travaillait. À défaut d'avoir une vie amoureuse satisfaisante, elle était une avocate ambitieuse propriétaire d'un cabinet portant son nom. D'abord tentée d'intenter une action contre la vieille gitane, elle se ravisa. La seule chose qui l'avait mise en colère était de découvrir que ce n'était qu'une autre arnaque alors qu'elle aurait voulu croire que cette fois-ci était la bonne. Oublions ça, se dit-elle, laissons-la vivre de ses petites combines jusqu'à ce que le remord de ses méfaits s'enflamme et la consume.

Elle regarda sa montre : 1 h 27. Elle devait préparer une entrevue pour un poste d'archiviste dans ses bureaux. Elle accéléra le pas. Une fois dans le hall d'entrée, elle vit la porte de l'un des ascenseurs se refermer.

« Retenez l'ascenseur, s'il vous plaît. »

Il devait rester un centimètre d'ouverture et Sarah se dit que l'occupant de la cabine ferait semblant de ne pas l'avoir entendu lorsque les portes se rouvrirent. Elle ouvrit la bouche pour remercier la personne de sa courtoisie, mais resta figée en voyant l'un des plus beaux hommes qu'elle eut vu de sa vie. En fait, il s'agissait surtout du charme qu'il dégageait. Bien mis, bien poli, toute sa personne respirait le calme profond. Un petit sourire charmeur aux lèvres, il tenait la porte de l'ascenseur ouverte un doigt appuyé sur le bouton du panneau de commandes.

« Je ne sais pas combien de temps je pourrai tenir, lança-t-il à la blague.

- Désolée, répondit Sarah en entrant dans la cabine légèrement honteuse de son attitude.

La porte de l'ascenseur se referma derrière elle et la cabine commença son ascension.

- Ne vous en faites pas, j'ai l'habitude. Si vous saviez le nombre de gens qui appelle un ascenseur et qui figent une fois que la porte s'ouvre devant eux, vous en seriez étonnée.

- Ah, bon ? ajouta Sarah, amusée.

- Oui, j'ai lu des statistiques dans le magazine : Ascenseur décor. Il y avait même un excellent article sur un choix de couleurs et de tapisseries à utiliser pour contrer ce fléau. »

Dans la tête de Sarah, une petite fiche rencontre commença à se remplir :

- Nom : inconnu
- Âge : inconnu
- Profession : inconnue
- Apparence physique : excellente
- Attitude : sens de l'humour très développé, sûr de lui-même et charme lui sortant par tous les pores de la peau.
- Autres : qualité qui semble de plus en plus faire défaut à la gent masculine : la galanterie.

Jusqu'à maintenant, tout jouait en la faveur de cet inconnu...

Elle se rappela soudainement qu'elle ne croyait pas au coup de foudre et à l'amour, qui n'était pour elle qu'un moyen de s'adonner au sexe sans avoir la mauvaise conscience engendrée par le tabou. En d'autres mots, ce n'était qu'une façon de donner un sens profond à quelque chose d'aussi primitif que la procréation.

Mais il n'y avait pas de mal à compléter sa petite fiche rencontre.

« Que faites-vous dans la vie, monsieur ?

- Knowles, Éric Knowles. Présentement, je suis entre deux emplois. Je suis d'ailleurs en chemin pour une entrevue dans une firme d'avocat au 37e étage. D'ailleurs, à ce sujet, à quel étage allez-vous ?

- 37e.

- Vraiment ? Voilà pourquoi j'adore le destin et ses surprises quotidiennes.

Il avait ce sourire adorable et brillait dans ses yeux une lueur agréable qui faisait craquer Sarah.

- Pour quel poste venez-vous postuler Monsieur Knowles ?

- Appelez moi Éric, je vous pris, Monsieur Knowles, c'est mon père. Je postule pour le poste d'archiviste chez Sarah Nielsen et Associés. Entre vous et moi, je n'ai foutrement aucune idée de ce que fait un archiviste lorsqu'il ne se tourne pas les pouces, mais ça m'a l'air relaxant comme travail et j'en suis à une période de ma vie où la relaxation est très importante. Pas que je sois paresseux, mais je déteste le stress. Et vous, que faites-vous de vos journées ?

- Je suis avocate.

- Vraiment, vous ne travailleriez pas chez Sarah Nielsen et Associés par hasard ?

- Oui, effectivement.

- Oups ! Dites-moi que vous n'irez pas répéter ce que je viens de vous dire ?

- Je ne dirai rien, promis.

- Je vous en suis très reconnaissant.

Il y eut un silence pendant quelques instants. L'ascenseur sonna l'arrivé au 37e étage.

- Dites-moi, mademoiselle, mais vous ne m'avez pas dit votre nom? »

- Nielsen, Sarah Nielsen. »

Assis face à face, les deux amusés par la situation, l'entrevue d'Éric par Sarah tirait à sa fin. Le stress commun à ce type de situation était absent.

« Je suppose que j'ai plus de chance d'être frappé par la foudre que d'avoir le poste d'archiviste dans vos bureaux. »

- En temps normal, je vous l'accorde, vous auriez été remercié de votre présence à la première question que je vous ai posée.

- Lorsque vous m'avez demandé mon nom ? Pourtant la réponse était bonne, je l'ai étudié toute la nuit.

Sarah se mit à rire.

« Non, en fait, je parlais de la question concernant le système de classement que vous pensiez mettre en place pour optimiser votre travail. »

- C'était une vrai question ? Je pensais que vous me l'aviez posé seulement parce que vous saviez que je n'y connaissais rien à l'archivage.

- Non, c'est vraiment la première question que je pose durant une vraie entrevue.

- Pas étonnant que vous ne trouviez personne pour combler ce poste.

- Donc, vous n'avez pas les compétences requises pour le poste, vous n'avez qu'une vague idée de ce qu'est un archiviste et vous désirez ce travail simplement pour relaxer. Comme je le disais tout à l'heure, en temps normal, il est évident que votre candidature n'aurait pas été retenue, mais contrairement à ce que vous suggériez plus tôt dans l'ascenseur, ce n'est ni un travail facile ni relaxant. Éric sourit. Vous n'avez pas idée le nombre de fois où je pourrais venir vous embêter dans une journée pour trouver le dossier de telle ou telle affaire. Pour commencer, une liste de tâches vous sera fournie pour vous donner la direction à prendre en attendant que vous mettiez un système de classement en place. Donc, si le défi vous intéresse, vous êtes embauché. Pouvez-vous commencer demain matin ?

Éric s'appuya sur le dossier de sa chaise et croisa les jambes. Il plongea son regard dans celui de Sarah qui ne le soutint pas très longtemps, gênée par ce qu'elle voyait dans ses yeux. Elle fit semblant de s'intéresser à un détail sur le CV du postulant.

- Ça dépend, répondit finalement Éric.

Sans le regarder, Sarah demanda :

- Ça dépend de quoi ?

- Du règlement de la boîte sur les relations amoureuses entre employés.

Voilà qui était très direct. Célibataire endurcie et chatte échaudée par des relations amoureuses médiocres, Sarah voyait le piège. Il était gros et très difficile à manquer. Pourtant, elle y tomba tête première.

- C'est moi la patronne, c'est moi qui fait le règlement.

- Excellent. »

Il se leva, s'approcha de Sarah et s'assit sur le bureau à côté d'elle. Il lui prit la main et y déposa un baiser.

« Je ne sais trop comment l'expliquer, mais j'ai eu le coup de foudre à l'instant où je vous ai rencontrée dans l'ascenseur. Il y a certaines choses inexplicable en ce monde et je suppose que c'en est une. Je ne peux pas non plus affirmer que c'est l'amour, c'est sans doute vos phéromones qui me sont agréables, mais je sais que j'ai un sentiment plus fort qu'un simple désir sexuel pour vous.

Sarah ne savait pas quoi dire, tout ce qu'elle pensait c'était que cet homme était parfait pour elle. Elle était convaincue elle aussi qu'il se passait quelque chose de très fort entre eux, quelque chose d'autre qu'une simple baise (quoique, éventuellement, ce serait très intéressant) et qu'il serait temps pour elle de laisser de côté ses peurs et de se lancer dans cette aventure.

« Wow ! Je ne sais pas quoi dire, c'est la déclaration la plus inusitée que j'aie reçue.

- Je sais, je suis comme ça, mais je n'aurais jamais osé si je n'étais pas certain que les sentiments étaient partagés.

- Les sentiments sont partagés, mais nous ferons les choses dans les règles.

- Évidemment.

Ils se regardaient intensément, l'air se raréfiant entre leurs lèvres.

« Qu'est-ce que vous attendez pour m'inviter à souper ? »

- Ce soir, huit heures ?

- Parfait.»

Maintenant quoi ? Tout avait été dit, la conversation avait pris la tournure qu'ils espéraient tous les deux et cette discussion était terminée, mais ils étaient toujours là, yeux dans les yeux, à sonder les pensées de l'autre. Finalement, Sarah s'approcha pour l'embrasser, Éric fit de même et à l'instant où leurs lèvres se joignirent à mi-chemin, Sarah recula brusquement :

« Merde ! s'écria-t-elle.

- Pourtant, j'embrasse bien normalement.

- Non ! Ce n'est pas ça. La vieille gitane avait raison. Elle avait prédit notre rencontre. »

Éric la regardait ne comprenant pas du tout ce qu'elle racontait. Elle éclaira alors sa lanterne. Elle lui raconta sa visite chez la diseuse de bonne aventure et sa prédiction de la rencontre avec l'amour de sa vie. Éric en était flatté, suggérant pourtant que ce ne pouvait être qu'une coïncidence.

Sarah pris une inspiration, Éric avait raison, ce ne pouvait être qu'une coïncidence. On ne rencontre pas l'amour tous les jours et leurs sentiments ne seraient vrais que s'ils duraient le restant de leur vie. Sarah éclata de rire.

« La vieille m'a dit que nous serions amoureux l'un de l'autre jusqu'à ma mort et lorsque je lui ai demandé comment elle pouvait en être si sûr, elle a dit que c'est parce qu'il ne me restait que très peu de temps à vivre. C'est là qu'elle a fait son erreur. Quand je lui ai demandé comment j'allais mourir, sais-tu ce qu'elle m'a répondu ?

- Un accident d'avion.

- Oui, c'est ça. Comment le sais-tu ? »

Elle leva les yeux vers lui et vit que les siens n'étaient pas pointés dans sa direction. Il regardait par la baie vitrée derrière elle et elle n'aimait pas du tout le regard à la fois terrifié et soumis qu'il avait dans les yeux.

Elle se retourna et vit...

Un Boeing 747 emboutit l'édifice à bureaux tuant tout le monde chez Sarah Nielsen et Associés. En fait, l'avion pénétra huit étages avant de se briser, les débris tombant dans la circulation, faisant de nombreuses victimes.

On ne put déterminer clairement la cause de l'accident puisque la dernière chose que l'on entendit sur l'enregistrement de la boîte noire, 27 secondes avant l'impact, c'est le pilote murmurant :

« Ô mon Dieu ! »

La mère et la soeur de Sarah reçurent un joli petit magot des assurances. Elles étaient les deux bénéficiaires de Sarah, recevant 1 million chacunes en cas d'accident mortel...

Comme un accident d'avion.

LA CHOSE
DANS LE SOUS-SOL

PLANS DIABOLIQUES

J'ai découvert l'existence de la Chose quelques jours après le départ de ma femme.

Elle a finalement décidé que les nombreuses heures passées au bureau, étant supérieures à celles passées à ses côtés, démontraient sans aucun doute qu'elle ne faisait pas partie de mes priorités. Aucun ultimatum, rien du tout. Apparemment, je n'aurais pas remarqué les signaux qu'elle m'envoyait, j'aurais dû être plus à l'écoute de ses besoins. N'aurait-elle pas dû comprendre, que ce qu'elle me reprochait était justement la preuve que je voulais subvenir à ses besoins, la mettre à l'abri de tout besoin. Je suis rentré du travail un de ces soirs et elle était partie.

Elle avait emporté sa moitié de la garde-robe, vidé ses tiroirs, pris les objets ou les meubles qui lui tenaient à cœur et avait laissé une note sur la table de la cuisine, simple et précise :

> Je te quitte.
> Je t'appellerai.
> Julie.

Elle m'appela effectivement la semaine suivante, un samedi après-midi. J'étais au sous-sol, en train de faire des réparations dans notre nouvelle maison lorsque le téléphone sonna. Le ton de la conversation escalada de discussion tranquille à dispute enflammée qui se solda, juste avant que je lui raccroche au nez et que je balance le téléphone au bout de mes bras, par une demande de divorce de la part de Julie

C'était un de ces vieux téléphone à cadran, pesant et extrêmement solide. Lorsqu'il entra en collision avec la fondation en blocs de la maison, le choc fut assez violent pour effriter le mortier et créer une fente à peine visible. De fait, je ne l'ai même pas remarqué sur le moment. Je piquai une colère et pour me soulager, je démolis les tablettes que je venais tout juste de rafistoler. Je ne suis pas retourner au sous-sol avant plusieurs semaines.

Nous avions acheté cette maison, quelques mois auparavant, qui appartenait à une vielle dame morte à 108 ans. Elle avait vécu les 50 dernières années de sa vie seule, dans cette maison, suite à la mort de son mari. Plusieurs histoires courraient à son sujet dans le quartier, surtout des légendes urbaines, que les enfants adorent se raconter. Des histoires à propos de disparitions dans le quartier, d'animaux disparus dont les avis de recherches tapissent les poteaux de téléphone et les babillards d'épiceries. Il y avait aussi des disparitions d'enfants que l'on retrouvaient le plus souvent en fugue, mais dont certaines restaient inexpliquées. Il était donc évident que la faute en revenait à la vieille dame qui avait vécu assez longtemps pour voir le début de deux siècles et qui avait passé le demi-siècle dernier enfermée dans sa maison. Ce devait être une sorcière qui enlevaient les animaux et les enfants du quartier pour pratiquer des rituels sataniques ou se faire des potions magiques.

Puisque la maison avait mauvaise réputation, nous réussîmes donc à l'acheter à un prix dérisoire. Tranquillement, à force de bienséance envers nos voisins, le souvenir de la terrifiante vieille dame s'estompa et l'aura de terreur qui entourait notre demeure disparut. Il y avait toujours quelqu'un à l'occasion pour relater des événements bizarres qui aurait eu lieu dans cette maison, comme les complaintes déchirante qui semblaient s'en échapper de temps à autres mais, pour la plupart des gens du quartier, c'était chose du passé. Les lamentations s'étaient estompées quelques semaines avant la mort de la vielle dame.

Nous vivions heureux, du moins c'est ce que je pensais, jusqu'à ce que Julie parte.

Ce que je croyais être un sifflement commença avec l'arrivée des premiers froids d'automne. Pour commencer, j'endurais le son, l'ignorant assez facilement, mais plus le temps avançait et plus il semblait prendre de l'ampleur. Je dirais même qu'il était de plus en plus insistant. Je me remis donc aux rénovations, commençant par le calfeutrage des fenêtres. Si le vent s'infiltrait par l'une d'elles -même par journée sans vent-, je colmaterais la fissure réglant par la même occasion, le problème. Malheureusement, le bruit ne venait pas des fenêtres. Je fis le même traitement aux portes et encore une fois, la tentative d'élimination du sifflement se solda par un échec. J'inspectai alors la maison au peigne fin, rampant dans le grenier sous le toit en pointe. Je vérifiai à la loupe les planchers et les plafonds, mais une fois toutes les fissures bouchées, j'entendais toujours le bruit. Ce fut au tour du sous-sol de subir son inspection. Après avoir fait le tour de chacune des pièces, j'arrivai dans celle qui avait subi ma colère quelques semaines auparavant. Des cadavres de tablettes jonchaient le sol, mes outils éparpillés un peu partout, un tournevis planté dans un mur de préfini. J'avais l'impression d'être au milieu d'un champs de bataille, devenu le cimetière pour des soldats ayant affronté un ennemi impossible à vaincre.

Je vis alors, parmi les débris, mon gros téléphone à cadran, renversé au pieds du mur de bloc, le combiné gisant quelques centimètres plus loin. Il s'en échappait l'avertissement que la ligne était occupée, m'expliquant pourquoi je n'avais reçu aucun appel depuis plusieurs semaines. Je m'approchai, ramassai le téléphone, son combiné et c'est en me relevant que je remarquai la fente entre deux blocs et par la même occasion, la source du sifflement.

Je me rappelai que dans le cabanon du jardin, la vieille dame y avait entreposé des sacs de poudre à mortier. C'est en allant les chercher, dans l'intention de boucher la fente, que je pris conscience que les sacs étaient récents. Je pouvais le voir à la mince couche de poussière qui y reposait comparé à l'épais tapis qui camouflait le reste du contenu du cabanon.

Revenu à l'intérieur, je suivis les indications sur le sac et je préparai le mortier. Tel qu'on me l'avait expliqué auparavant, je décidai d'enlever tout le mortier à l'entour du bloc pour le remplacer par du nouveau. Ma surprise fut totale! Contrairement à ce que je m'attendais, lorsque je retirai le bloc, la noirceur du vide s'opposait au mur de terre qui devait normalement s'y trouver.

Je tendis le bras dans l'ouverture afin d'estimer la profondeur du trou sans rien toucher. Le vide aveugle du néant. Par contre, le bruit qui m'apparaissait au départ comme un sifflement ressemblait de plus en plus à la plainte d'un animal blessé.

J'attrapai une lampe de poche et fit pénétrer la lumière dans l'épaisse noirceur du trou. C'était une petite pièce de cinq pieds carrés, les murs faits de blocs et un plafond de béton. Le plancher, en pente descendante menait à un autre mur, opposé à l'ouverture d'où je regardais. Au centre de ce mur, une porte. Une grosse porte métallique que l'on pouvait imaginer très pesante, simplement à la regarder.

Une voix dans ma tête me suggérait de remettre le bloc en place, de bien sceller le tout avec le mortier et d'enfermer cet événement dans les oubliettes de ma mémoire. Cependant, étant très curieux de nature, cette voix exprimait en vain des suggestions futiles. De plus, il y avait quelque chose derrière cette porte métallique qui avait besoin de mon aide.

Il me fallut un certain temps avant de pouvoir extraire suffisamment de blocs pour pouvoir me faufiler dans la pièce sous terraine, qui selon mes calculs menait sous la cour arrière de ma maison. C'est équipé d'une lampe de poche, de gants en toile que j'utilise normalement lorsque je travaille le bois et de lunettes de sécurité que je me lançai dans l'exploration de la pièce cachée.

Je m'aperçus assez rapidement qu'il n'y avait rien du tout dans la pièce de cinq pieds carré, sinon les habitants habituels de ce genre d'endroits : araignées, vers et autres insectes que l'on peut inclure dans la catégorie des inconnus. Ce qui me mena donc à la source de ma curiosité, la porte. Je l'examinai à la lumière de ma lampe de poche, deux gros loquets, un dans le haut de la porte et l'autre dans le bas, tenaient la porte fermée. Je passai ma main sur la surface lisse et métallique puis je cognai trois coups. Je les entendis résonner de l'autre côté et lorsque le bruit s'estompa, quelque chose avait changé. Tout était silencieux.

La plainte s'était tue.

La voix dans ma tête brisa le silence en recommençant à me mettre en garde sur les conséquences qu'engendrerait l'ouverture de cette porte. Je restai quelques instants planté dans le noir, la lampe de poche pointé sur la porte laissant la voix et ma curiosité débattre sur la bonne chose à faire. La curiosité finissant par avoir le dernier mot, je tendis la main vers le loquet du bas et le fit glisser sans trop de problèmes puis je fis la même chose avec celui du haut.

Je posai la main sur la poignée soudée sur la porte et je restai comme ça un instant, à la fois hésitant et excité. C'était un peu comme les chasses au trésor de mon enfance dans le grenier de grand-mère, où j'espérais toujours trouver un trésor oublié dans une pièce cachée. Sauf que cette fois, il ne s'agissait pas d'un recoin derrière une commode, il y avait bel et bien une pièce cachée dans ma maison et il y avait quelque chose de vivant à l'intérieur.

J'ouvris la porte tranquillement. En fait, je ne pouvais pas faire autrement car les pentures étaient tellement usées qu'elles se lamentaient tout en s'égrenant de pellicules de rouilles. Le bruit était le même que l'on a en tête lorsqu'on serre les dents après avoir reçu du sable dans la bouche. Le coin de la porte frottait sur le sol, le rayant à son passage. Je tirais la porte d'une seule main, ne voulant surtout pas déposer la lampe de poche sur le plancher, laissant ainsi la chance à ce qu'il y avait dans la pi de me surprendre. Diminuant l'effort, je n'ouvris la porte qu'à moitié, me laissant un passage suffisamment grand pour passer. Mais avant tout, je pointai la lumière par l'ouverture et j'inspectai tout ce que je pouvais voir, c'est à dire pas grand chose.

J'entrai donc dans la pièce, dépassant le cadre de porte d'un demi pas seulement. Peu importe ce qu'il y avait dans cette pièce, ça ne pourrait pas se faufiler à l'extérieur et m'enfermer dans la pièce sans passer devant moi.

En balayant la pièce du faisceau lumineux, je me rendis compte qu'elle était de la même grandeur que celle que je venais de quitter. Une logique indiscutable me fit prendre soudainement conscience qu'il n'y avait pas énormément de place pour se cacher et que si je n'avais pas encore vu la créature plaintive qui vivait dans cette pièce en faisant le tour avec la lampe de poche, c'est qu'il ne restait qu'une seule place où elle pouvait se cacher.

Je pointai la lampe de poche vers le bas...

... et je la vis.

Elle tendait sa main chétive d'un blanc poudreux vers ma cheville. Je poussai un cri tout en bondissant vers l'arrière. J'heurtai la porte alors que je n'avais pas encore touché le sol me faisant tomber à la renverse dans la première pièce. La lampe de poche cogna le sol, fracassant l'ampoule. Je me retrouvai dans une noirceur presque totale puisque le peu de lumière restant me parvenait de l'ouverture qui me ramènerait dans mon sous-sol.

La Chose rampait, sa peau frottant le sol, me permettant de déterminer à l'oreille où elle se trouvait. Elle n'était pas loin. Lorsque je roulai sur moi-même pour pouvoir me remettre debout, je sentis sa main glisser sur mon mollet et ma cheville, sans s'y agripper. Je poussai un autre cri puis me remis debout en un éclair. Je m'élançai vers l'ouverture dans la fondation de ma maison et je plongeai dans le trou, atterrissant tête première dans les tablettes en pièces qui jonchaient le plancher. Une série d'ecchymoses allait colorer ma peau, mais pour l'instant, ça m'importait peu. Il me fallait agir vite sinon qui sait ce que ce monstre allait me faire.

Je me relevai à nouveau et en tournant la tête avec affolement, je cherchai une arme pour me défendre. Mes yeux se posèrent tout d'abord sur le marteau que j'attrapai au moment où je vis la masse. En me dirigeant vers la masse, mon regard se posa sur la pelle. Je m'imaginais la balançant à la tête de la Chose lorsque qu'elle tenterait de sortir par le trou et optai pour ce moyen de défense.

La pelle en main, prêt à me servir de la tête de la Chose pour faire le premier coup de circuit de ma vie, j'étais en position pour repousser l'ennemi.

J'attendis.

J'attendis, longtemps, chaque seconde me rendant toujours plus nerveux. Chaque battement de mon cœur résonnant dans ma tête comme un coup de tonnerre m'empêchant de me concentrer dans un moment où j'en avais le plus besoin.

Quelque chose craqua sur ma droite et avant même que je puisse déterminer son origine, les réflexes avaient pris le contrôle de la situation. La désintégration de la dernière tablette qui, quelques secondes plus tôt, tenait toujours au bout d'une vis en fut le résultat. Notant à peine les dégâts que je venais d'occasionner, je ramenai mon attention sur le trou dans la fondation.

Toujours rien. Le visage de la Chose ne se montrait toujours pas par l'ouverture.

Il fallait que j'aille voir ce qui se passait. Pourquoi est-ce que la Chose n'essayait pas de sortir de la pièce ? Je fis un pas et je m'arrêtai, convaincu qu'elle était tapie dans l'ombre, prête à me sauter à la gorge lorsque je serais à sa portée. Comme dans les films d'horreur, la bête attend toujours que sa victime se rapproche pour attaquer. J'attendis donc encore quelques instants, attentifs à un quelconque mouvement mais rien ne se produisit.

Je m'approchai, tranquillement, feutrant mes pas du mieux que je pouvais. J'attrapai le marteau au passage, la longue portée de la pelle ne me serait pas utile dans un endroit restreint. Le marteau, par contre, me permettrait de faire un maximum de dommages. L'ouverture n'était plus qu'à un pas de moi.

Je bondis en hurlant -pour me donner du courage- devant le trou, prêt à abattre le marteau sur le premier bout de peau blanche que j'apercevrais mais ce que je vis, étendu dans l'ombre, me dégoutta beaucoup plus que ne me terrifia.

La Chose était très grande, plus grande qu'un homme de taille moyenne. J'estimai sa grandeur à huit pieds mais puisqu'elle était couchée, mon estimation pourrait donc ne pas être juste. Elle était recroquevillée dans un coin, le plus loin possible de la source de lumière et plissait les yeux essayant de les cacher de ses mains affublés de longs doigts noueux qui me rappelaient les racines d'un arbre. Son visage était ovale et menu. La peau autour de ses joues était creusée, comme celle à la tempe et autour de ses yeux, démesurément grands par rapport à la grandeur de sa tête, humainement parlant, du moins. La chétivité de la Chose la faisait ressembler à une fleur qui se serait étiolée par un manque de lumière. Elle semblait avoir de la difficulté à garder sa main en l'air pour se protéger de la lumière. J'en ai donc conclu qu'elle était très faible...

...et sans doute photosensible.

Pour m'en assurer, je passai 3 heures, assis sur un meuble relativement stable une main appuyée sur le marteau, l'autre sur le manche de la pelle. Par le trou, je pouvais voir un bout de peau blanchâtre pour m'assurer qu'elle ne préparait pas une attaque. Au bout de ma dernière heure de surveillance, elle se remit à pousser des petits cris sifflants, se plaignant ou quémandant quelque chose. Lorsque j'observai par le trou pour avoir une vue d'ensemble de la Chose, elle me regardait avec des yeux suppliant tout en poussant son cri aigu. Elle me faisait penser à un chat en train de rappeler à son maître que c'est l'heure de manger.

Manger. Pourquoi n'y avais-je pas pensé plus tôt ? La pauvre bête avait faim.

Je fonçai au garde-manger, à la recherche de quelque chose pour nourrir la Chose. Mais qu'est-ce que ça pouvait bien manger ? J'emplis une glacière d'un peu de tout pour laisser la Chose décider de son repas.

Je redescendis au sous-sol et m'installai près du trou, j'ouvris la glacière et commençai à y lancer de la nourriture. Pour commencer, je n'eus pas grand succès, elle n'appréciait pas le pain apparemment, ni les fruits, ni les légumes d'ailleurs. Elle les sentait puis les boudait tout en recommençant à crier. Je cassai un œuf et lançai son contenu par le trou et vis la Chose ouvrir la bouche, étirer la langue pour goûter au jaune d'œuf, cracher et se remettre à se plaindre. Je lançai tout le contenu de la glacière avec le même résultat sauf pour un seul aliment : la viande.

J'avais décidé de sacrifier mon plus beau T-Bone à mon expérience et la Chose sembla apprécier. Elle attrapa la pièce de viande et roula dans l'ombre remplaçant son cri plaintif par un grognement de satisfaction. Contrairement à ce que je m'imaginait, elle n'avait pas des dents pointues et affûtées comme un rasoir mais plate comme celles d'un hippopotame qui s'agrippait à la viande et la déchirait sans aucune coquetterie. Elle ne s'arrêta pas à la viande sanglante, elle croqua l'os, l'écrasa sous ses grosses dents et l'avala goulûment. Après un rot satisfait, la Chose se tourna vers moi, ouvrant et fermant frénétiquement la bouche, pour me faire comprendre que sa faim n'était pas satisfaite.

Je remontai donc à l'étage principal de ma maison et je pris dans le congélateur du frigo le kilo de viande hachée que je réservais pour mes nombreuses recettes et je redescendis rapidement au sous-sol. Je libérai la viande congelée de son emballage et je la lançai par le trou. La brique de viande gelée toucha le sol et glissa jusque dans la pièce où j'avais trouvé la Chose enfermée. Cette dernière se lança à la poursuite de la viande et disparut dans sa cellule.

Quelques secondes s'écoulèrent, permettant au silence de s'installer, me faisant douter de la capacité de la Chose à manger de la viande congelée. Au moment même où je me demandais si ce pouvait être un problème pour la Chose, un puissant croquement vint répondre à ma question. Puis un deuxième se fit entendre et plusieurs autres suivirent, accompagné du même grognement de satisfaction qu'elle laissait échapper lors de la consommation du T-Bone.

Je décidai que c'était le moment propice pour renfermer la Chose dans sa prison car je n'arrivais pas à me défaire de l'idée que si elle avait été enfermée derrière une grosse porte métallique, il devait bien y avoir une raison.

Je me glissai donc par le trou dans la pièce à demi éclairée. Nerveusement, j'avançai en direction de la porte à moitié ouverte levant les bras devant moi, prêt à la refermer. Je posai les mains sur la masse métallique et pris alors conscience d'un détail qui m'avait échappé dans mon énervement; le silence était revenu.

Je jetai alors un coup d'œil dans la pièce sombre et je vis deux globes vitreux en train de me fixer. La supplication avait quitté ce regard et avait été remplacé par un mélange d'envie et de colère. Apparemment, je faisais partie de ses plans pour la suite du repas et l'idée d'être enfermée à nouveau derrière la porte de métal ne l'intéressait aucunement.

C'est alors qu'elle se leva debout, ou plutôt qu'elle se déplia de tout son long. Elle était encore plus grande que l'estimation que j'en avais fait alors qu'elle était couchée, même qu'elle courbait le dos pour que sa tête ne touche pas le plafond. Elle leva ses bras, ses doigts en forme de racines pointant dans ma direction. Elle se remit à ouvrir et fermer la bouche frénétiquement me donnant le signal de l'enfermer.

Elle s'élança au moment où, d'un coup d'épaule, secondé d'une hausse de mon taux d'adrénaline, me permit de fermer la porte du premier coup. Je posai la main sur le loquet du haut, lorsque la Chose fonça dans la porte, l'ouvrant de quelques centimètres. Elle était encore faible par contre et je l'entendis s'effondrer sur le sol me permettant de refermer la porte et de faire glisser le loquet. Je poussai la deuxième barrure puis je tombai assis sur le sol poussant un soupir qui fut accompagné de tremblements qui continuèrent pendant plusieurs minutes.

Je venais d'avoir la peur de ma vie.

Je commençai donc à me demander ce que j'allais faire avec cette Chose. Voulant tout d'abord m'en débarrasser, je me demandai qui allait bien pouvoir la prendre en charge. Visiblement, ce n'était pas un animal, donc inutile de contacter la Société protectrice des animaux. Même en travaillant très fort, je n'arriverais pas à la faire passer pour un Danois. Je ne pouvais pas non plus me convaincre que c'était un humain, les services sociaux ne le prendraient donc pas, eux non plus. Il ne me restait donc à le catégoriser soit d'extraterrestre ou d'intra terrestre et dans les deux cas, la branche scientifique du gouvernement serait sûrement très intéressée à l'ouvrir pour voir la couleur de ses entrailles.

PLANS DIABOLIQUES

Sauf s'ils n'apprennaient jamais son existence.

J'aimais bien l'idée d'avoir à moi tout seul l'unique spécimen d'une race inconnue. La seule qui aurait pu dévoiler le secret, était une vieille dame de 108 ans en train de manger les pissenlits par la racine. Rien d'inquiétant de ce côté. En étant discret, je pourrais donc garder la Chose pendant que le reste de la planète continuerait le chemin de leur vie triste et monotone.

Il est vrai que la Chose avait tenté de m'attaquer dans le but très probable de me manger, mais n'en aurais-je pas fait autant si l'on m'avait libéré après plusieurs mois de captivité dans une pièce sans nourriture, sans lumière, sans rien ?

Ce qu'il fallait, c'est être mieux préparé la prochaine fois. Avec les bons outils, je pourrais m'occuper de ma Chose sans danger. De plus, il me fallait faire vite car la créature s'était remise à pousser ses petits cris sifflant et ça commençait vraiment à me rendre cinglé.

La deuxième partie du repas de la Chose eut lieu le soir même. Durant la journée, j'étais allé m'acheter les instruments qui me seraient utiles pour nourrir ma nouvelle amie sans que je devienne moi-même le repas. J'installai de puissantes lampes néons, fixées dans le béton de la première pièce. J'en plaçai une dans chaque coin pour qu'une fois les lumières allumées, toute trace d'ombre disparaîtrait. J'installai aussi une table métallique, les pattes vissées au sol sur laquelle je disposai plusieurs belles pièces de viande. Une fois tout en place, j'ouvris la porte (la Chose s'enfuit dans un coin d'ombre) et je repassai par le trou dans la fondation pour m'asseoir sur la chaise que j'avais installé pour l'observation. Les quatre lampes étaient branchées sur une barre contenant plusieurs fiches de branchements. Sur cette barre, il y avait un interrupteur permettant d'allumer ou de fermer toutes les fiches en même temps. Je fermai donc les lumières et j'attendis.

La Chose ne prit pas longtemps pour sortir de sa cachette et trouver son chemin jusqu'au festin que je lui avais préparé. Elle agrippa un morceau de viande dans chaque main et commença à les déchiqueter de ses dents sans douceur ni fantaisie. J'entendais la viande se déchirer me donnant de petits frissons. Parfois, les déchirements étaient remplacés par des croquements lorsqu'elle tombait sur un os, mais le pire était lorsqu'elle suçait le sang de la viande crue.

Une fois la table vidée de son contenu, la Chose regarda sous la table puis fit le tour de la pièce pour être sûre de n'avoir oublier aucun morceau. Une fois bien certaine, elle retourna vers la table métallique et s'assit dessus, face à moi. Je pris donc soin de l'observer.

Le rouge de la viande et du sang contrastait avec le blanc poudreux de sa peau. Elle lançait dans ma direction un regard qui, d'une curieuse façon, représentait à la fois la haine et le respect. La haine car j'étais son goêlier et le respect car j'étais la main qui la nourrissait.

Elle semblait être rassasiée car elle n'ouvrait plus la bouche frénétiquement et ne faisait que me regarder. Elle semblait prendre la pose comme l'aurait fait un modèle pour un artiste, mais je me doutais bien qu'il en était tout autrement, elle m'étudiait. Sans doute cherchait-elle comment elle pourrait bien s'échapper de sa prison ou peut-être cherchait-elle seulement un moyen de prendre une bouchée de mon corps si appétissant. Finalement, j'en conclus que ce devait être beaucoup plus simple que cela, elle n'attendait que la suite des événements.

Le repas était terminé. Qu'est-ce qu'on fait maintenant ???

Je pris alors conscience de l'heure tardive, il était 2 heures du matin. Ça faisait environ quatre heures que j'observais la Chose depuis que je l'avais libérée. N'importe quel psychologue me dirait que c'était beaucoup plus que de la fascination, cela s'apparentait beaucoup plus à de l'obsession.

Peut-être mais, eux, n'ont pas de Chose cachée dans leur sous-sol.

Je décidai qu'il était temps pour ma nouvelle amie de retourner dans sa pièce. J'essayai tout d'abord de lui faire comprendre par des signes mais puisque rien ne fonctionnait, je rallumai les lumières. Un éclair éblouissant emplit la pièce faisant hurler la créature qui, d'une rapidité extrême, retourna se cacher dans l'ombre de sa cellule. Je pus donc aller fermer la porte sans crainte puis j'allai me coucher.

Ma nuit fut remplie de rêves mettant la Chose en vedette. Pas de cauchemars, seulement de belles scènes où notre relation allait plus loin que celle de l'homme qui nourrit la bête.

Je ne la nourrissais pas à tous les jours mais je la faisais sortir de sa pièce quotidiennement. On s'observait pendant plusieurs heures puis je la faisais retourner d'où elle venait.

C'était environ au bout de sept jours qu'elle recommençait à crier, signal qu'elle commençait à avoir faim. Je ne pouvais endurer ses plaintes très long-temps, ce cri déchirant qui vous rentre par une oreille, qui fait du ravage à vos tympans et vous bouscule les émotions avant de ressortir et de recommencer son manège infernal.

Chaque fois, je la regardais manger comme une mère s'émerveille de regarder son enfant s'empiffrer de sa nourriture. C'est lorsque nous nous observions par contre que notre relation prenait tout son sens, lorsque l'un et l'autre nous perdions dans les yeux de l'autre, s'en était presque...
...romantique.

Les événements se déroulèrent comme ça pendant un bon bout de temps jusqu'au jour où la viande morte ne suffit plus. Je ne parle pas ici d'un caprice de la part de la Chose mais d'un besoin physique car, malgré le fait qu'elle mangeait de bon cœur comme elle l'a toujours fait, elle se mettait à vomir le contenu de son estomac aussitôt le repas terminé. Je ne comprenais pas ce qui se passait, pourquoi elle était malade alors qu'elle mangeait la même chose que je lui avais toujours donné. Puis elle me donna à mes dépends l'indice qui me fit compren-dre ce qu'elle voulait.

Je venais de fermer les lumières dans la pièce après avoir mis de la viande sur la table métallique et ouvert la porte lorsque la première chose que fit la bête en sortant de sa pièce fut de me charger. Elle fonça dans ma direction, un grondement roulant dans le fond de sa gorge et c'est à ce moment que je pris conscience que j'avais installé la chaise trop près de l'ouverture, mais il était trop tard.

Au moment où je me levai pour prendre la fuite, la Chose passa le bras par le trou, attrapa la manche de mon chandail et enfourna ma main gauche dans sa bouche. Je serais, aujourd'hui, amputé d'une main complète si le matériel de mon chandail ne s'était pas déchiré –Dieu bénisse les défauts de fabrications- permettant à la presque totalité de ma main de sortir de la bouche de la Chose avant qu'elle ne se referme sur quatre de mes doigts, excluant le pouce, les dents broyant les os avant de déchirer la peau.

Je tombai à la renverse, une chute qui m'apparut au ralenti. Je pus observer les petits geysers de sang sortant par les extrémités sectionnées de mes doigts asperger le visage de la Chose, puis les murs et finalement le plafond du sous-sol. J'entendais la créature mâcher mes doigts, les os craquant dans la bouillie de ma chair. Ma main droite cherchait à s'agripper à quelque chose, mais ne faisait que battre l'air ne trouvant rien à quoi s'accrocher. Puis j'atterris lourdement sur le plancher sans me rendre compte que je m'étais durement cogné la tête tellement j'étais surpris par la tournure des événements.

La Chose qui venait d'avaler mes quatre doigts sorti à nouveau son bras espérant attraper l'une de mes jambes et continuer son festin. Je remercie mes réflexes, je pus les retirer à temps ne laissant à la Chose que la chaise sur laquelle se rabattre. Ce qu'elle fit. Je vis ce qui me serait arrivé si elle avait attraper une de mes jambes. Elle tira la chaise à elle et la structure de bois de celle-ci, plus large que le trou de la fondation se brisa en un nombre de morceaux nécessaire pour la laisser passer.

Je profitai du temps qu'elle prenait à analyser sa prise pour rouler, tendre le bras vers la barre de branchement et de rallumer la lumière. J'entendis la Chose retourner dans sa cellule en hurlant non seulement de douleur, mais aussi de frustration d'avoir manqué le meilleur repas de toute sa vie.

Je retirai alors mon chandail que j'enroulai autour de ma main meurtrie pour contenir le saignement. Je me remis péniblement debout et je traversai dans la pièce lumineuse pour fermer la porte métallique enfermant la Chose dans la noirceur.

J'aurais voulu me rendre à l'hôpital par moi-même, mais mon état n'étant pas ce qu'il y avait des plus formidables, je dus me résigner à appeler les urgences. Lorsque les ambulanciers arrivèrent, je les attendais assis sur la dernière des trois marches menant à la porte d'entrée de ma maison. J'avais barré la porte pour être sûr qu'aucun intrus n'entrerait chez moi pendant mon absence.

Je racontai aux deux valeureux chevaliers de la santé que j'avais été attaqué par un chien enragé, décrivant un animal, l'écume à la gueule mâchonnant mes doigts avant de s'enfuir suite aux coups de pieds répétés que je lui aurais assénés dans les côtes. J'amplifiais tellement la réalité ainsi que le ton de ma voix qu'ils ont crus l'histoire de A à Z.

Intérieurement, ils devaient penser qu'il ne s'agissait pas vraiment d'un chien de l'enfer, terriblement gros dont l'agressivité n'avait d'égal que sa force et sa rapidité mais d'un berger allemand d'une taille normale que ma peur avait fait muter. Par contre, ils croyaient qu'il y avait bel et bien un animal très dangereux en liberté qui se baladait dans le coin tout en digérant mes doigts.

À l'hôpital, on soigna mes blessures et tout comme les ambulanciers, ils gobèrent l'histoire du chien enragé. Une recommandation du Ministère de la santé plus tard, la plupart des chiens errant furent éliminés sans procès et moi je reçus un beau chèque me dédommageant pour la perte de mes doigts.

On serait alors tenté de croire que sous l'emprise de la colère, je suis allé m'acheter un fusil de chasse et que j'ai fait payer à la Chose le gros prix pour la perte de mes doigts mais bien au contraire, je suis allé m'équiper pour pouvoir lui donner ce qu'elle voulait : de la viande fraîche.

De la viande vivante.

C'est la leçon que j'ai retiré de l'amputation de mes doigts, la Chose voulait me faire comprendre que non seulement la viande crue ne suffisait plus, mais qu'en plus, le sang coagulé la rendait malade. Puisque j'avais pris la responsabilité de m'occuper de la Chose, j'avais maintenant le devoir de lui fournir ce qu'il lui fallait pour sa survie.

Donc, l'équipement que je suis allé m'acheter était constituée de trappes à souris et d'une cage pour emprisonner de plus gros animaux. Je devins en quelque sorte un service public, débarrassant la banlieue des chats en liberté qui vont déféquer dans vos plates-bandes, des oiseaux qui vous réveillent aux petites heures le samedi matin, des ratons laveurs qui répandent vos ordures dans la rue et de tous les autres rongeurs qui…

…qui sont sûrement nuisibles d'une certaine façon. Je remplissais la panse de la Chose tout en vidant le quartier de ces indésirables.

Je commençai le régime de la Chose par des souris que je lui laissais dans une petite cage à rongeurs (pleine à craquer) sur la table métallique. Dès que la lumière s'éteignait dans la pièce lumineuse, la Chose sortait de sa cachette et faisait éclater la cage d'un coup de poing. D'une rapidité et d'une précision de prédateur, elle attrapait les souris, parfois plusieurs à la fois et les mangeait avec un grognement satisfait. Aucune souris n'arrivait à s'échapper, c'était comme si la Chose était partout à la fois se déplaçant en un éclair, les agrippant d'une poigne impardonnable. Puis chaque fois, je devais réparer la cage (ou en acheter une nouvelle) en prévision du prochain repas.

Puis ce fut au tour des rats et peu de temps après, des chats. La transition fut rapide car j'avais beaucoup plus de facilité à attraper des félins et la Chose semblait beaucoup apprécier cette viande. En fait, je pense plutôt qu'elle aimait devoir travailler plus fort pour réussir à attraper un chat plus rapide et plus agile qu'une souris ou qu'un rat.

Pour les mêmes raisons, la Chose adorait courir après les écureils qui plus souvent qu'autrement mouraient de peur avant d'être consommés.

Ce que la Chose appréciait tout particulièrement, c'était lorsque je lui offrais un raton laveur. Beaucoup plus gros et plus en chair qu'un chat, c'est un animal très agressif qui ne se laissait pas manger sans une bonne bagarre.

Bientôt, je dus commencer à m'éloigner pour attraper de quoi nourrir la Chose. J'avais commencé des élevages de rongeurs, de chats et d'oiseaux dans le sous-sol mais c'était loin d'être suffisant et il me fallait épurer les régions environnantes pour subvenir aux besoins de la créature. J'allais devoir me rendre à l'évidence qu'il faudrait bientôt quelque chose de plus gros pour nourrir la Chose.

Ce fut donc les chiens qui furent l'étape suivante. Pour la plupart, massifs et combatifs, ils donnaient un bon combat avant de finir dans l'estomac de la Chose. De plus, le Labrador semblait être le format idéal pour un repas satisfaisant. J'avais enfin trouvé la quantité idéale pour la satisfaire et puisqu'elle mangeait une fois par semaine, j'avais suffisamment de temps pour lui trouver un chien pour le repas suivant.

Notre relation s'améliora dès le premier jour de son régime de viande vivante. Nous recommençâmes nos séances d'observation où nous pouvions nous regarder dans les yeux des heures durant. Il y avait une rivière au fond de ses yeux où j'aimais aller me baigner, je m'y reposais et surtout, je m'y sentais en sécurité. J'oubliais tous les tracas de ma vie. J'étais là pour m'occuper de la Chose et elle de moi.

Seul la mort pourrait nous séparer...

Comme elle avait séparé la vieille dame et la Chose.

Je compris alors bien des choses. C'est la vieille dame qui s'occupait de la Chose, la nourrissait et lorsqu'elle a senti sa fin approcher, elle a enfermé la Chose définitivement dans un tombeau souterrain. Elle voulait quitter ce monde avec la Chose et passer l'éternité en sa compagnie.

La Chose a survécu plusieurs mois, puisant dans ses graisses, jusqu'à ce que je la retrouve faible, mais bien vivante.

Mais ne jugez pas la vieille dame trop vite, ne faites pas d'elle une femme cruelle et sans cœur car elle devait aimer la Chose plus que tout au monde. Elle devait s'en occuper comme si c'était son propre enfant, mais savait ce que le monde moderne ferait d'elle si son existence était découverte et a donc décidé de la faire disparaître pour toujours.

Ce qui m'intriguait le plus, c'est à quel point notre cheminement était semblable. La vieille dame et moi avons dû penser de la même façon en présence de la Chose et notre manière de la nourrir devait être la même... jusqu'à ce que la dame devienne trop âgée pour voler des chiens ou chasser les chats et les oiseaux. En vieillissant, elle dut commencer à avoir plus de difficulté à attraper des animaux et elle dut s'en remettre à une autre source de nourriture qu'elle pourrait attraper avec autre chose qu'une cage ou de la nourriture.

Des bonbons, peut-être. Des promesses, sans doute.

Elle jouait les vieilles dames extrêmement gentilles, attirait des enfants dans sa maison et les donnait à manger à la Chose. Plus faibles qu'un chien, moins dangereux et sans doute très nourrissants.

Mais moi, je ne pourrais pas me résoudre à donner un enfant à manger à la Chose…

Le téléphone sonna.

C'était Julie. Je pris alors conscience que je l'avais presque oublié celle-là. Il y avait quelque chose de différent dans son ton. Contrairement à la dernière fois où l'on avait discuté, elle ne hurlait pas. Elle m'annonçait qu'elle avait les papiers de divorce et qu'elle voulait qu'on se voit pour que je puisse les signer.

Étrangement, sans doute étais-je hypnotisé pas le timbre de sa voix calme et doucereuse, je lui répondis sans aucune opposition et que si elle voulait passer à la maison, elle pourrait en profiter pour ramasser le reste de ses choses. Elle répondit qu'elle passerait le jeudi suivant.

Je raccrochai le téléphone et je pensai à la Chose. À Julie et la Chose. Si elles apprenaient à se connaître, elles deviendraient sans doute très bonnes amies. Peut-être, je dis bien peut-être, que ça pourrait aider à résoudre les problèmes de notre couple. Avoir quelque chose en commun, un être de qui l'on pourrait prendre soin tous les deux, un enfant en quelque sorte.

Lorsque Julie sonna à la porte le jeudi suivant, tout était prêt. Je m'étais mis en tête de reconquérir le cœur de Julie et la Chose allait m'aider dans cette direction. J'avais préparé un mignon petit souper, installé la table avec la vaisselle de ma défunte grand-mère -la préférée de Julie-, la jolie nappe, les chandelles, la totale. J'avais changé les draps du lit -on ne sait jamais- et toute la maison avait reçu une dose de parfum. Lorsque j'ouvris la porte, j'étais terriblement mignon et elle ne put s'empêcher de rougir, accueillie par mon sourire le plus charmeur. Le même sourire qui l'avait conquise quelques années plus tôt. Vraisemblablement, il était toujours aussi efficace.

Par contre, le petit moment de magie fût brisé lorsqu'elle vit ma main mutilée. Elle poussa un petit cri horrifié, prit ma main et l'approcha de son visage.

« Qu'est-ce qui s'est passé ? »

Ce que je pris au départ comme un pas en arrière sur mes intentions envers Julie m'apparut alors comme un bond en avant, l'instinct maternel de Julie remontant à la surface. J'allais pouvoir utiliser ce point à mon avantage.

« Un chien enragé m'a attaqué et m'a bouffé les doigts. »

- Pauvre chéri, c'est terrible. Pourquoi ne m'as-tu pas appelé ? J'aurais pu prendre soin de toi.

- Après notre dernière conversation, je ne pensais pas que tu aurais envie d'entendre parler de moi ou de mes malheurs.

- Sottises, ce n'est pas parce que ça va mal entre nous que j'ai envie de te voir souffrir.

Mentalement, je prenais note de tous les indices en ma faveur qu'elle laissait échapper : « pauvre chéri », « j'aurais pu prendre soin de toi », mais surtout, « ce n'est pas parce que ça va mal entre nous... » et non pas « ce n'est pas parce qu'on divorce... ». De plus, elle n'avait avec elle aucun papier à me faire signer, elle les avaient peut-être laissés dans l'auto, mais il semblerait que ce n'était pas sa priorité pour le moment.

Après lui avoir fait un condensé de la fantaisie raconté au personnel de l'hôpital sur le chien sauvage et la disparition de mes quatre doigts, sur le dédommagement généreux encouru et sur le fait que je n'aurais plus besoin de travailler du restant de ma vie, nous passâmes à table et nous régalâmes du bœuf braisé préparé en l'honneur de mon invitée. C'est pendant le repas qu'elle lança la confirmation que tout n'était pas perdu :

« Si tu n'as plus besoin de travailler, tu aurais donc plus de temps à me consacrer ».

Maintenant, il suffisait de ne pas se planter. Mon plus beau sourire

LA CHOSE DANS LE SOUS-SOL

sur les lèvres, je répondis :

« Je sais que je t'ai négligé dans le passé, que mes priorités n'étaient pas à la bonne place mais maintenant je vois la vie autrement. Il y a des personnes qui dépendent de moi, qui ont besoin de moi et je veux désormais passer le reste de ma vie à leur consacrer l'attention qu'elles méritent. »

Elle sourit et tendit la main par dessus la table et la posa sur ma main amputée. J'étais fébrile, me retenant pour ne pas me tortiller sur ma chaise. J'avais hâte de présenter la Chose à Julie, maintenant convaincu qu'elle l'adorerait autant que moi.

« Moi aussi j'ai beaucoup pensé à toi, à nous, et je crois qu'on devrait se donner une autre chance. Je n'ai pas apporté les papiers de divorce, je ne voulais qu'un prétexte pour te voir. »

Elle se leva, se pencha par-dessus la table et m'embrassa. Je jubilais car j'aimais tendrement Julie, presque autant que la Chose et maintenant, la famille serait complète. Il ne restait plus qu'à les présenter. Je lui pris la main et la regardai droit dans les yeux la laissant plonger dans mon regard.

« Julie, ma belle, je dois te montrer quelque chose. C'est tellement merveilleux, j'ai envie de partager ça avec toi. »

Je l'amenai au sous-sol tout en lui racontant comment j'avais découvert la pièce dissimulée à l'extérieur des fondations de notre maison. Elle semblait fascinée, redevenant pour l'espace de quelques instants une petite fille à la recherche d'un trésor. Elle amena l'hypothèse que ce pouvait être un abri anti-nucléaire construit dans les années '50 puis caché pour faire disparaître son côté inesthétique. Nous arrêtâmes devant le trou et je la fis s'asseoir sur la chaise.

« Ce n'est pas tout, lui dis-je, il y a une autre surprise. »

Elle me sourit, perplexe, et je lui dis d'attendre en allumant la lumière et en me glissant par le trou. Je l'entendais rigoler dans mon dos pendant que je me rendais à la porte et que je faisais glisser les loquets. J'ouvris la porte et j'entrevis la Chose cachée dans l'ombre, le blanc de sa peau reflétant la lumière. Elle attendait que je ferme la lumière pour sortir et elle ouvrait et fermait la bouche frénétiquement : elle avait faim.

Je revins sur mes pas et je repassai par le trou. Julie souriait toujours mais semblait légèrement inquiète ne comprenant pas où je voulais en venir.

« Regarde bien, lui dis-je »

J'éteignis la lumière.

La Chose sortit de sa tanière, se déplaçant de plus en plus comme un félin se préparant à foncer sur sa proie. Tous les animaux que je lui ai donné à manger lui ont aussi servi d'entraînement pour ne pas perdre la forme. Elle s'avança vers la table et n'y trouvant rien, fit le tour de la pièce cherchant de quoi manger. Bien que la Chose passa à une distance sûre, elle lança un regard rempli de jalousie en direction de Julie, avant de continuer ses recherches. Puis elle retourna à la table métallique et s'assit dessus nous regardant.

Je me tournai vers Julie, attendant sa réaction. Ce ne fut pas celle que j'attendais.

« Qu'est-ce que c'est que ça ? »

- J'en ai aucune espèce d'idée mais c'est à nous, c'est notre Chose.

Je jubilais, ne sentant pas la crainte dans le ton de sa voix.

« Depuis quand est-ce que cette... Chose est là. »

- Depuis toujours, pour ce que j'en sais. Je l'ai trouvé là et je m'occupe d'elle depuis.

- Mais qu'est-ce que c'est ? C'est un animal ?

- J'en sais rien que je te dis, mais c'est à nous.

Julie posa les yeux sur ma main puis elle les dirigea sur la Chose qui ouvrait et fermait la bouche sans arrêt. Elle qui a toujours eu un sens de la déduction très développé, Julie n'eut pas besoin de chercher très loin pour faire un lien entre la disparition de mes doigts et le régime de la Chose.

« C'est horrible ! C'est elle qui t'a bouffé les doigts, n'est-ce pas ? »

C'est à ce moment que je pris conscience qu'elle n'était pas aussi fascinée par la Chose que je l'étais. Julie se leva et me prit la main amputée, elle me regarda dans les yeux et dit :

« Tu héberges un monstre dans notre maison. »

- Ce n'est pas un monstre, c'est un être vivant comme toi et moi.

- Elle t'a bouffé la main.

- Elle avait faim.

Julie lâcha ma main et recula d'un pas ne me quittant pas des yeux.

« Tu as perdu la tête. Tu la protèges comme si c'était... »

- Notre enfant, oui, exactement. Ce n'est pas parce qu'elle est différente qu'on doit l'abandonner.

- Tu as perdu la tête.

Elle fit une pause tout en me sondant de son regard perplexe puis soudain, son petit sourire maternel réapparut.

« On ne va pas l'abandonner mon chéri, on va seulement lui trouver des gens qui pourront s'occuper d'elle. »

Je compris où elle voulait en venir, elle était tiraillée par le même dilemme qui m'avait assailli dans les premiers moments où j'ai connu la Chose. La situation n'avait pourtant pas changé, je ne pouvais pas laisser une branche pourrie du gouvernement prendre la Chose en charge et lui faire du mal au nom de la science.

« On ne peut pas faire ça. Ils lui feront du mal. »

- Ne sois pas paranoïaque, c'est sans doute un zoo qui la prendra et s'en occupera comme leurs autres résidents.

- Si tu crois ça, c'est que tu es vraiment conne. Un zoo ? Ce n'est pas un animal.

- Ce n'est pas un être humain non plus.

- Justement, ils vont l'enfermer dans le sous-sol d'une base militaire pour l'étudier pour en faire soit une arme de guerre ou la tuer parce qu'ils n'arriveront pas à la contrôler.

- Tu délires complètement.

- Ils vont faire des tests sur elle, tester ses limites, voir combien de temps elle peut survivre à manger de la viande morte...

À l'instant même où le mot quitta mes lèvres, je pris conscience de l'erreur que je venais de faire.

« De la viande morte ? »

Elle me sondait de ses yeux intelligents. Elle avait compris ce que je voulais dire, mais elle ne pouvait pas s'empêcher de poser la question.

PLANS DIABOLIQUES

« Dis-moi, qu'est-ce qu'elle mange si ce n'est pas de la viande morte ? »

J'étais en train de me dire qu'elle n'était pas prête pour la réponse à cette question lorsqu'elle vira les talons et se dirigea vers l'escalier.

« Où est-ce que tu vas ? » demandai-je tout en connaissant la réponse.

- Je vais appeler la police. Tu es complètement cinglé et ça doit arrêter.

- Ne fais pas ça, lui suppliai-je tout en m'élançant à sa suite.

Elle avançait rapidement, elle semblait avoir peur de moi et voulait vraisemblablement faire cet appel et en finir avec son cinglé de mari.

« Tu n'as pas les idées claires mon chéri. Ça t'apparaît peut-être cruel mais c'est pour toi que je fais ça. »

Elle grimpa quatre marches de l'escalier lorsque je lui demandai de s'arrêter. Elle obtempéra et se retourna vers moi, m'observant de haut.

« Je sais ce que tu penses car toutes les pensées que tu as en tête en ce moment, je les ai eues moi aussi. Je sais que c'est monstrueux de donner des chats et des chiens à manger à la Chose (Julie eut un hoquet de surprise en m'entendant dire ce qui n'était jusqu'à maintenant qu'un doute) mais je me devais de la nourrir. Je me devais de la protéger et de subvenir à ses besoins. J'avais besoin de me repentir pour t'avoir négligé, d'avoir mis des futilités en première place sur ma liste de priorités. Je devais jouer mon rôle d'être humain qui se doit de venir en aide à un autre être humain dans le besoin. Je fis une pause. Maintenant, je ne peux pas la laisser tomber ou l'envoyer se faire étudier par des fanatiques avec des fonds de bouteilles comme lunettes, qui ne la verront que comme un autre rat de laboratoire dans lequel on injecte une panoplie de cochonneries, juste pour voir comment elle va réagir. »

Il y eut un silence pendant quelques instants où l'on se regardait droit dans les yeux tentant de déterminer qui allait flancher le premier. J'étais déterminé à lui tenir tête et j'étais convaincu qu'elle allait s'avouer vaincue, me dire que j'avais raison, qu'on allait planifier notre vie autrement afin d'inclure la Chose dans notre train-train quotidien, car on n'abandonne pas un enfant simplement parce qu'il est un peu différent.

« Désolé mon chéri, mais cette folie doit s'arrêter. »

C'est à ce moment que je vis rouge. Elle ne voulait pas comprendre pourquoi je faisais ça, pourquoi je m'étais donné autant de mal, pourquoi j'avais perdu quatre doigts mais surtout, elle ne se contenterait pas simplement de partir et me laisser faire ce que je veux, elle voulait saboter tout ce que j'avais accompli. Je ne pouvais pas la laisser faire.

Elle se retourna prête à continuer son ascension de l'escalier lorsque je lui agrippai les chevilles et je tirai de toutes mes forces. Elle tomba face première dans l'escalier s'y prenant trop tard pour se protéger le visage avec ses bras. Je continuai à tirer lui cognant la tête sur les trois marches suivantes, mais elle avait perdu conscience dès le moment où sa tête était entrée en collision avec la première marche.

Couchée sur le sol, les yeux fermés, du sang lui coulant du nez, j'étais convaincu de l'avoir tuée. Je me penchai sur elle et je vérifiai ses signes vitaux; elle respirait toujours et son pouls était régulier. Elle n'était pas morte, seulement assommée, c'était tant mieux car la Chose ne digère pas la viande morte.

Je m'étais convaincu qu'il valait mieux sacrifier Julie pour la cause. Des humains, il y en a 6 milliards sur la planète alors que la Chose, elle était unique et je me devais de la protéger. S'il fallait que ma femme meure pour que la Chose vive, qu'il en soit ainsi.

Lorsque Julie se réveilla, elle était enchaînée à la table métallique dans la pièce illuminée par les quatre lampes. Elle prit quelques instants pour comprendre ce qui se passait et surtout où elle se trouvait. Quand finalement elle comprit, elle tourna vivement la tête dans ma direction. Je me tenais devant le trou, l'interrupteur dans la main prêt à appuyer sur le bouton qui mettrait un terme à son existence. Elle me supplia, des larmes lui coulant des yeux se mélangeant au sang qui s'échappait de son nez.

« Ne fais pas ça », implora-t-elle.

Je la regardais gémir au bout de sa chaîne et malgré ses blessures et ses pleurs, tout ce que j'arrivais à voir c'était la traîtrise. Elle qui semblait si ouverte d'esprit n'était en fait qu'une petite manipulatrice qui méritait amplement ce qui allait lui arriver.

PLANS DIABOLIQUES

J'appuyai sur le bouton.

La lumière s'éteignit.

Julie se mit à hurler.

La Chose sortit de sa pièce à une vitesse inouïe et agrippa Julie par les mollets et tira le corps à elle. Les cris de Julie augmentaient d'intensité, le corps tendu à sa pleine expansion, ses mains coincées dans la chaîne. La Chose tira de plus en plus fort, peu impressionnée par les hurlements de douleur de Julie. Elle ne cessa pas ses efforts tant que les épaules de sa proie ne se déchirèrent pas, lui permettant ainsi d'entraîner son butin dans sa tanière.

Julie fut traînée dans la pièce de la Chose, le sang s'échappant de ses épaules sectionnées. Elle hurla de terreur -et de douleur aussi- jusqu'à ce qu'un bruit sourd se fit entendre. Je ne pus voir ce qui s'était passé mais je pouvais sans peine imaginer la Chose écrabouillant la tête de Julie d'un coup de poing. Puis la Chose sortit à nouveau de sa cachette et vint chercher les bras resté au bout de la chaîne avant de retourner à son repas.

J'entendis tout, la peau se déchirer, les os se broyer et la Chose avaler le tout en gémissant de plaisir. Apparemment, il n'y avait rien de plus délectable que la chair humaine. Lorsqu'elle sortit de la pièce, son repas terminé, elle vint s'asseoir sur la table métallique comme à son habitude, mais quelque chose avait changé. Il n'y avait plus dans ses yeux la colère de l'animal en cage envers son geôlier, il y avait autre chose, un sentiment qui s'apparentait plus à ce que j'espérais depuis le début voir dans ses yeux; de l'amour. Par ce sacrifice, j'avais fait comprendre à la Chose qu'elle m'importait plus que tout au monde et que désormais, le sentiment était réciproque.

J'allai cacher la voiture de Julie dans le stationnement longue durée de l'aéroport, laissant tous ses effets personnels dans le coffre arrière et je revins chez moi en autobus. Lorsqu'on appela chez moi pour me demander si j'avais vu Julie dernièrement, je répondis qu'elle était supposée venir me voir mais qu'elle ne s'était jamais présentée. On finit par cesser de m'appeler et Julie devint une autre personne sur l'interminable liste des gens disparus sans laisser de trace.

Tout ça me fit prendre conscience d'une chose par contre, on finit par s'habituer à tout. Moi qui ai toujours été contre la chasse, la cruauté envers les animaux ou tout autre violence faite à un être vivant, voilà que j'étais maintenant insensible à la mort brutale d'une personne qui m'était pourtant chère il y a quelques mois.

Il y a 6 milliards d'êtres humains sur la terre, tous enclins à la guerre, l'hypocrisie et la superficialité, mais il n'y a qu'une seule Chose. Je me dois de m'occuper d'elle, d'en prendre soin, de la nourrir.

D'ailleurs, à ce sujet, il y a le petit Ricky, un garçon qui va à l'école à trois coins de rue de chez-moi. Un petit morveux de 10 ans, mal engeulé, qui aime tourmenter les autres enfants et balancer des œufs sur les maisons du voisinage.

De la viande jeune, de la viande tendre, il ferait sûrement un repas de choix pour la Chose.

LE FOSSOYEUR

PLANS DIABOLIQUES

Roger se réveilla du petit roupillon qu'il avait fait sous un arbre pour se rendre compte que le soleil était en train de baisser au loin allongeant les ombres autour de lui.

« Merde ! »

Il bougonna en se remettant debout. Il allait devoir se dépêcher s'il ne voulait pas être encore ici lorsque la nuit tomberait...

...et se lèveraient les ombres.

Il chassa cette idée des ses pensées, ce n'est pas ce qu'il voulait avoir en tête.

Comment expliquer la situation, sinon dire que Roger était poursuivi par la malchance dernièrement. On pourrait même remonter plus loin que dernièrement, pensa-t-il, quels parents pouvaient bien avoir le culot d'appeler leur fils Roger, un prénom qui était déjà dépassé du temps de son grand-père.

En plus de son prénom qu'il détestait, Roger avait été obligé par sa mère d'aller travailler avec son oncle au cimetière; sans doute le plus macabre des emplois étudiants qu'on pouvait avoir. Il y était forcé, car sa mère, exaspérée que son paresseux de fils ne fasse rien d'autre que de jouer sur son ordinateur, lui avait bien fait comprendre qu'elle ne paierait pas ses frais de collège cette année.

Il avait bien essayé de parlementer avec sa mère mais tous les arrangements avaient été faits avec l'oncle Fred et il s'était bientôt re- trouvé à remplir des trous contenant des cercueils. N'étant pas des plus courageux, Roger trouvait déprimant d'être constamment confronté à la mort et, plus souvent qu'autrement, les cadavres qu'il ensevelissait étaient ceux de gens qu'il connaissait bien.

Sauf celui d'aujourd'hui.

Le mort vedette de la journée était monsieur Reddings, un vieil excentrique apparu dans la région il y a environ deux mois. Il s'était mis à dépenser dans tous les secteurs d'affaires de la région et lorsqu'il ne pouvait pas s'offrir les services d'une entreprise, comme la garderie de madame Jolin, il lui faisait un don astronomique. Il s'était évidemment attiré les bonnes faveurs de tout le monde en ville, jusqu'à sa mort, trois jours plus tôt.

Roger avait brièvement fait sa connaissance la veille de son décès et n'avait pas du tout apprécié l'expérience. Il était en train de faire des courses avec sa mère, servant de porteur de paquets lorsqu'il se retrouva face à face avec monsieur Reddings. Celui-ci engagea la conversation avec sa mère et semblait très intéressé par les trivialités qu'elle lui racontait sur son passe-temps favori : la confection de paniers en osier contenant des arrangements de fleurs séchées. La semaine d'avant, il lui en avait acheté une vingtaine, payant à l'avance une véritable petite fortune. La mère de Roger travaillait 12 heures par jour pour pouvoir les lui remettre le plus tôt possible même s'il ne cessait de lui répéter de ne pas se presser.

Roger, à leur côtés, avait cette drôle d'impression que monsieur Reddings était concentré sur lui plutôt que sur les paroles de sa mère. De temps à autres il lui jetait un œil, lui souriant et Roger aurait pu jurer qu'il l'étudiait. Peut-être que le vieux monsieur était un pédophile s'attirant la sympathie des adultes pour ensuite s'attaquer au plus jeunes sans être soupçonné.

Roger s'était promis de le garder à l'œil mais le lendemain, il était mort.

Il y eut beaucoup de monde à son enterrement même si la plupart ne le connaissait qu'à peine; il s'y étaient plus par respect et, aussi, parce qu'il avait donné un incroyable coup de pouce, à toute la ville. Ce fut un enterrement aussi joyeux que pouvait l'être ce genre d'événement et aucune larme ne fut versée sauf celles de madame Violaine (mais on ne peut pas vraiment prendre ça en considération car toutes les occasions lui étaient bonnes pour pleurer). Quelques-uns en profitèrent pour dire à quel point il semblait être un homme simple et gentil, un bon vivant et une foule d'autres qualités qu'on associait généralement à ceux qui sont généreux de leur argent.

La cérémonie s'éternisant, Roger s'assit sous un arbre, au sommet d'une colline, attendant le départ de tout le monde. C'est donc le dos appuyé sur le tronc d'un saule pleureur, une légère brise lui soufflant au visage, que les paupières de Roger devinrent très lourdes. N'en pouvant plus, il laissa le sommeil gagner le combat et fit un reposant somme agrémenté d'un très beau rêve concernant Laurence, la fille de ses rêves.

Maintenant, il devait se dépêcher d'enterrer monsieur Reddings car la noirceur se faisait de plus en plus dense. Il accéléra le rythme sachant que l'oncle Tom lui reprocherait d'avoir tourner les coins ronds mais présentement, il s'en foutait car tout ce qu'il voulait, c'était de terminer le plus vite possible.

C'est fou ce que je suis peureux, se dit-il intérieurement. Il envoyait la terre dans le trou aussi rapidement que possible. Malgré sa rapidité, il manquerait de temps car à peine le cercueil avait-il été recouvert que Roger releva la tête pour voir le dernier rayon de soleil disparaître derrière la grande maison du maire, sur le vallon.

C'est à ce moment qu'on se mit à cogner sur la paroi du cercueil. Roger cria avec une voix aiguë en entendant les coups (honteux de s'entendre hurler comme une fille), il y avait quelqu'un de bien vivant dans la boîte et il voulait en sortir.

« Il y a quelqu'un ? » cria une voix de l'intérieur du cercueil.

Roger ne répondit pas, il était trop occupé à empêcher la crise cardiaque qui menaçait de faire son œuvre. Il prenait de grandes inspirations et cherchait à retrouver son calme.

LE FOSSOYEUR

« Il y a quelqu'un ? » hurla à nouveau la voix, le ton se faisant plus insistant.

« Oui. » répondit Roger hésitant et il s'en voulut immédiatement d'avoir répondu.

Il faisait nuit, il était en train d'enterrer un cadavre et le principal intéressé était en train de lui parler. C'était le scénario parfait pour un film d'horreur.

En plus d'être peureux, je suis con comme un balai, rectifia-t-il pour lui même.

« Roger, c'est toi ? » demanda la voix dans le cercueil.

Malgré la forte envie qu'il avait de déguerpir, il se sentit obligé de répondre, le mort l'ayant interpellé personnellement.

« Oui, c'est moi. »

« Roger, viens m'aider. Visiblement, quelqu'un a cru que j'étais mort et une autre personne en train de m'enterrer. »

- Oui, vous êtes mort, monsieur Reddings et c'est moi qu'on a chargé de vous enterrer.

- Ne fais pas ça Roger, je ne suis pas mort. Viens m'aider à sortir d'ici.

Roger restait figé au-dessus du trou. Il ne savait pas quoi faire. Il regarda aux alentours, cherchant quelqu'un qui pourrait confirmer qu'il n'était pas en train de devenir cinglé. Évidemment, il n'y avait personne car dès la nuit tombé, personne n'osait s'aventurer dans le cimetière sauf peut-être Billy Jenkis et sa bande qui avaient depuis longtemps compris que c'était l'endroit parfait pour venir boire de la bière sans risquer d'être attrapé par un adulte. Par contre, il était trop tôt pour que Billy et ses copains ne viennent faire un tour dans le coin.

« Viens m'aider, Roger. Dépêche-toi, je ne veux pas suffoquer. »

Tu ne peux pas suffoquer, pensa Roger, tu es mort.

« Allez viens, sauve-moi la vie. »

Alors là, Monsieur Reddings, mort ou non, avait touché une corde sensible. Il pourrait faire de lui un héros. Si on avait mal diagnostiqué son décès, qu'on l'ait enterré vivant, il pourrait le sauver d'une mort certaine. Avec un tel acte de bravoure, il était certain de marquer des points auprès de Laurence.

PLANS DIABOLIQUES

Il sauta dans le trou, sa tête dépassant à peine du niveau du sol. Il se pencha et repoussa la terre de chaque côté du cercueil. Lorsque fut dégagé la surface de la boîte, Roger essaya de l'ouvrir sans succès, oubliant les loquets qui le gardaient fermé.

- Tu dois briser les loquets, cria Reddings.

- Je sais mais vous êtes sûr que je dois faire ça, je pourrais abîmer le cercueil. Ça vaut une petite fortune.

- Est-tu conscient à quel point je me fous du cercueil présentement. Fais tout ce qu'il faut pour me sortir d'ici.

- Bon, si c'est ce que vous voulez.

Roger se servit de la pointe de la pelle pour briser les loquets métalliques, plus solides qu'ils n'y paraissaient. Il lui fallut quelques minutes, mais il finit par en venir à bout. Essoufflé, il se pencha et ouvrit le couvert, libérant monsieur Reddings.

Il était immobile, couché sur son lit de satin. Il était vraiment mort.

Je suis en train de devenir fou, pensa Roger.

Il avait déterré un cadavre sous les ordres de monsieur Reddings, dont la voix n'était réelle que dans sa tête. Il regarda autour de lui dans le cimetière pour être sûr qu'il n'y avait pas quelqu'un en train de se foutre de sa gueule mais il était bien seul.

Avec un mort.

« Merci, Roger. » dit monsieur Reddings.

Roger sursauta à nouveau et lorsqu'il baissa les yeux sur le mort, il était tout ce qu'il y a de plus vivant, un peu trop même. Il était assis dans son cercueil et il dévisageait Roger, la pupille de ses yeux complètement noire.

« Maintenant que tu m'as libéré, j'aurais besoin de quelque chose d'autre. »

Roger, reculant instinctivement, se retrouva rapidement adossé à une paroi de terre.

« J'aurais besoin de ton énergie vitale. »

- Quoi ?

- Tu es un minable Roger, tu ne mérites pas ta jeunesse. Tu ne fais que perdre ton temps, perdre ta vie. C'est un malheureux gaspillage et j'ai besoin de cette énergie pour pouvoir vivre une autre vie.

Roger n'était pas sûr de comprendre ce qui se passait, ce que monsieur Reddings racontait mais il comprenait que s'il ne se sauvait pas à l'instant, il allait lui arriver quelque chose de mauvais. Le mort-vivant semblait avoir lu dans ses pensées car il s'étira dans l'intention de l'agripper à la cheville. Ses doigts frôlèrent son mollet mais ne rencontrèrent rien d'autre que de l'air. Roger cria, se retourna et se mit à grimper pour sortir du trou. Reddings, les jambes coincées dans le cercueil se mit à briser le bois en le fracassant de ses mains.

Roger était terrifié et avait du mal à coordonner ses mouvements, si bien qu'il n'arrivait pas à sortir du trou. Derrière lui, le monstre grognait tout en brisant le bois et ne cessait de répéter.

« Ça ne te sert à rien de fuir. »

Mais l'instinct de survie étant plus fort que les conseils de Reddings, Roger redoubla d'efforts et réussit finalement à s'extirper hors de la fosse, laissant le monstre essayer de se dégager de son piège. Une fois sur le gazon, le jeune homme prit ses jambes à son cou.

Il courut, les bruits s'échappant de la tombe s'estompant graduellement derrière lui. Il s'arrêta lorsqu'il n'entendit plus rien, à bout de souffle. Il s'appuya sur la grande croix qui ornait le centre du cimetière et reprit son souffle tout en regardant dans la direction d'où il venait.

Il ne se passait rien, aucun son, aucun mouvement, le cimetière était redevenu silencieux comme à son habitude.

Et il n'y avait aucun mort qui essayait de lui voler son énergie vitale.

Encore une fois, Roger se mit à douter de sa santé mentale. Il lui était arrivé de consommer des drogues hallucinogènes avec Billy Jenkis et sa bande. Peut-être était-ce seulement des effets de ces drogues qui remontaient à la surface transformant un enterrement nocturne en scène d'horreur.

Il avait tort.

Monsieur Reddings rampa hors de sa tombe à l'aide de mouvements peu naturels. Puis il se releva observant les alentours respirant fortement. Roger savait qu'il devait fuir mais il était pétrifié, titubant au bord du gouffre de l'irréel. Le monstre se tourna alors dans sa direction, le regardant de ses yeux noirs.

Ils restèrent quelques instants ainsi, le temps semblant s'être figé. Lorsque Reddings s'élança dans sa direction, tout alla très vite.

Roger vira les talons et détala en direction de la grille du cimetière. Il courut aussi vite qu'il put mais le manque d'exercice et les heures passées, écrasé dans le sofa à jouer aux jeux vidéos, avait fait son œuvre; il cherchait son air, son cœur battait la chamade et ses jambes qui auraient dû, en temps normal le soutenir, étaient faibles et semblaient vouloir le laisser tomber à tout instant. Il entendait le monstre se rapprocher de lui à grande vitesse, soufflant et grognant comme une bête infernale. Roger fit la pire gaffe de toute son existence en voulant jeter un œil par-dessus son épaule. Il fut si affolé de voir le monstre sur ses talons prêt à lui sauter dans le dos qu'il bifurqua à sa gauche pour l'empêcher de l'attraper et fonça dans une pierre tombale, bascula par-dessus et finit tête première dans le gazon.

Il voulut se remettre debout rapidement mais il était trop tard : une main lui attrapa une jambe et se mit à le tirer à une vitesse inouïe en direction de la tombe ouverte. Roger hurla, tentant de s'accrocher à n'importe quoi mais la poigne du monstre était solide.

Lorsqu'il tomba dans le trou, il se heurta la tête solidement sur le couvert du cercueil et perdit connaissance...

Il reprit conscience trois fois. La première fois, monsieur Reddings se penchait sur lui pour l'embrasser.

« Pédophile ! » réussit à dire Roger avant que leurs lèvres entrent en contact.

Il se sentit soudainement très las, comme si toute sa vigueur le quittait instantanément.

Tout redevint noir, paisible.

La deuxième fois qu'il reprit conscience, il entendit monsieur Reddings lui dire :

« Si ça peut te consoler, je ferai bon usage de ton énergie vitale. J'accomplirai de grandes choses, de belles choses. »

Roger voulut lui répondre que ça ne le consolait pas du tout mais il n'avait même plus la force de parler. Il n'avait plus aucune puissance, le monstre pouvait faire de lui, tout ce qu'il voulait.

Il retomba dans les pommes.

La dernière fois qu'il revint à lui, il se demanda si ses yeux était bien ouverts car la noirceur était totale. Il cligna des yeux pour vérifier; oui, ses yeux étaient bel et bien ouverts.

Pourquoi faisait-il si noir, alors ?

Il s'endormit pour ne plus jamais se réveiller.

À l'aube, un jeune Reddings, qui s'appelait désormais Randall, se mit à faire du pouce sur le bord de la grande route qu'il l'éloignerait de la petite ville. Il avait rajeuni de cinquante ans, sans doute personne ne le reconnaîtrait, mais sait-on jamais.

Il avait pris soin d'enterrer Roger dans le cercueil qu'on lui avait d'abord destiné. Tout le monde croirait qu'il avait fugué, déçu de la vie qu'il menait ou qu'il avait tout simplement disparu, comme des milliers de gens chaque année.

D'une certaine façon, c'est comme s'il renaissait à travers moi, pensa Randall. Cette pensée le fit sourire.

LE BANQUET

PLANS DIABOLIQUES

N'ayons pas peur des mots, Xavier était un petit gros. Il mangeait beaucoup trop, faisait trop peu d'exercice et préférait de loin regarder la télévision que d'aller jouer dehors avec ses amis.

Pourtant, des amis, ce n'est pas ce qui lui manquait. En fait, ils étaient plus que des amis, c'était sa famille. Cette famille s'appelait l'orphelinat Sainte-Aimée.

Dans le cas de Xavier, ses parents ne l'avaient pas abandonné à la naissance par manque d'amour ou d'attention. Ils étaient morts, emboutis par un camion d'ordures à la sortie de l'hôpital. Le camion avait écrasé tout l'avant de la voiture, laissant miraculeusement en vie le petit Xavier endormi dans son siège de bébé. Les médias avaient fait de lui la vedette des faits divers pendant environ une semaine, cherchant un proche parent qui voudrait prendre le bébé en charge. N'ayant personne pour jouer ce rôle, Xavier se retrouva à l'orphelinat sous les soins de madame Lessard.

Vieille fille qui avait depuis longtemps fait une croix sur l'amour ou le mariage, Mme Lessard comblait ses instincts maternels en s'occupant des nombreux enfants dont elle avait la charge. Évidemment, l'obésité de Xavier l'inquiétait et elle s'efforçait de faire bouger le garçon, de le nourrir sainement et de lui interdire les sucreries du mieux qu'elle pouvait. Mais sa petite figure ronde et les yeux piteux qu'il faisait pour arriver à ses fins avaient souvent raison de sa volonté. Elle avait tenté de faire comprendre au garçon, sans toutefois blesser son amour-propre, que les parents qui venaient adopter des enfants, sans être sans cœur, préféraient souvent un petit bonhomme au poids santé qu'un autre bien en chair qui leur coûterait sans doute une fortune en vêtements et nourriture. La réalité était triste, mais la société étant de plus en plus superficielle, les couples magasinent pour un enfant parfait.

Xavier avait compris ce que madame Lessard voulait lui expliquer, mais l'appel de la nourriture était trop fort. C'était si bon manger ! Sans doute passerait-il toute son enfance à l'orphelinat, boudé par les parents qui préféraient un spare-rib plutôt qu'un petit garçon avec un surplus de poids.

Vint la rumeur qu'un couple viendrait visiter l'orphelinat à la recherche d'un rejeton à gâter. Ils étaient, selon les dires, riches et n'auraient que les caprices de leur futur enfant à combler.

Sally, la petite orpheline au sourire angélique, fit part à Xavier de l'espoir qu'elle avait d'être choisie. Sa mère biologique, d'une extrême pauvreté, avait été obligée de la mettre en adoption étant incapable de subvenir à ses besoins. Ne pouvant envisager de vivre éloignée de sa fille chérie, elle s'était donné la mort. Si un enfant méritait un foyer, c'était bien Sally. Xavier pria donc pour que son amie reparte avec le couple riche même si, le cas échéant, il serait privé de sa compagnie.

Pourtant, madame Lessard, dont la sagesse n'avait d'égale que sa compassion, avait eu tort au sujet de Xavier. Les enfants obèses ont aussi la chance d'être le premier choix chez des parents se cherchant un enfant pour compléter leur famille. Sally fut à nouveau rejetée et ce fut un Xavier extrêmement étonné qui fut adopté. Suite à des adieux déchirants, le garçon se retrouva dans une Rolls-Royce en direction du manoir de monsieur et madame Myers, ses nouveaux parents.

Malgré le fait qu'il avait le cœur gros, ça n'empêchait pas Sandra Myers de lister à Xavier tout ce dont il aurait droit une fois arrivé au manoir. En plus du repas somptueux qui les attendait, concocté par leur chef cuisinier, une chambre aussi grande que le dortoir de l'orphelinat lui était réservée. Elle était remplie de tout ce que les enfants de son âge pouvaient rêver. Il y avait un train électrique qui prenait sept minutes pour faire le tour de sa chambre en entier (Brandon Myers jura l'avoir chronométré), toutes les consoles de jeux vidéo présentement sur le marché avec tous les logiciels qui les accompagnaient, une immense table à dessin pour permettre au possible sens artistique de Xavier de voir le jour, un chevalet, une toile, des pinceaux et de la peinture servant au même dessein avaient aussi leur place dans la chambre du garçon. Évidemment, il y avait aussi un ordinateur tout récent avec un accès à Internet. Son lit était géant, contrairement au petit lit simple qu'il avait à l'orphelinat et les portes doubles qui servaient aussi de fenêtre menaient sur un balcon surplombant l'immense jardin. Finalement, Sandra, incapable de garder le secret, lui annonça qu'ils avaient fait l'acquisition d'un chien, un magnifique danois qui serait désormais son meilleur ami.

Sally lui manquait beaucoup, mais il avait aussi très hâte de voir toute les belles choses que lui avait promises ses parents adoptifs. Tant d'émotions dans la même journée étant venues à bout de lui, Xavier tomba endormi sur le siège arrière de la Rolls-Royce.

Comme promis, un somptueux repas lui fut servi. Gaston, le chef-cuisinier vint en personne lui souhaiter la bienvenue et l'intima de lui faire part de ses fringales qu'il se ferait un devoir de combler. Accompagné de ses nouveaux parents, Xavier se régala du festin cuisiné par Gaston. Sandra et Brandon le regardèrent s'empiffrer comme s'il n'avait rien mangé depuis plusieurs jours. Dans leurs yeux brillait la satisfaction du désir assouvi.

Peu de temps passa avant que Xavier se sente complètement chez lui. Sans être des parents trop permissifs, Sandra et Brandon subvenaient à tous ses besoins et désirs sur le champ. Par exemple, lorsqu'il commença à s'intéresser aux pharaons et aux pyramides d'Égypte, ses parents firent affréter leur jet privé pour aller étudier de plus près les majestueuses constructions. Voulant le meilleur pour leur fils, ils firent un excellent voyage dans les moyens de transport les plus confortables, remplis des victuailles locales pour se remplir la panse. Les meilleurs guides et interprètes les accompagnaient dans leurs visites des grandes pyramides leur racontant la richesse de leur histoire.

Il en fut ainsi pour la plupart des grandes nations de ce monde que Xavier visita en compagnie de ses parents. Goûtant à toutes les gastronomies du monde, le petit garçon joufflu ne maigrissait pas, prenant bien au contraire de l'expansion.

Le garçon appréciait que Sandra et Brandon ne fassent jamais de commentaires négatifs sur son surplus de poids. Ils semblaient même apprécier que son tour de taille augmente de jour en jour. Gaston quant à lui voyait en la bedaine rebondie de Xavier, l'achèvement de sa carrière dans un monde de mannequins anorexiques et de gens surveillant leur poids. Il fallait, selon le cuisinier, ne pas avoir peur de manger à s'en faire exploser la panse, car il y a dans certaines régions du globe des gens qui meurent de faim. Mieux valait un ventre gonflé par l'abondance que par l'inanition.

Xavier se leva un matin du mauvais pied. Il bougonnait sur tout, pleurait sans raison apparente et, chose étonnante, il n'avait pas d'appétit. Sandra le questionna avec douceur et finit par mettre le doigt sur le problème. Il s'ennuyait de ses copains de l'orphelinat. Les jeux vidéo, le train électrique, la télévision et le nombre incalculable de canaux qu'elle captait n'arrivaient pas à combler ce manque. La fête du garçon étant prévue pour la semaine suivante, elle lui promit une surprise. Une fois encore, elle ne put garder le secret très longtemps et lui annonça qu'elle avait invité madame Lessard, Sally et ses amis de l'orphelinat à venir passer la journée en sa compagnie. La bonne humeur du garçon revint sur le champ et il passa la semaine à manger tellement il était fébrile à l'idée de revoir ses amis qu'il n'avait pas vus depuis plusieurs mois.

Les festivités en l'honneur de l'anniversaire de Xavier s'échelonnèrent sur un week-end complet. En plus de tous ses copains de l'orphelinat sur les lieux, ses parents avaient loué les services d'une foire pour amuser les enfants. Entre les manèges, les hot-dogs, le gâteau et les clowns, les enfants ne savaient plus où donner de la tête. À la fin de la première journée, les employés des Myers allaient chercher des enfants endormis dans l'herbe, exténués par la journée pleine de sensations fortes. Il en fut de même pour la deuxième journée. Tous adoraient Scooby, le chien de Xavier. Il était si bien entraîné qu'il ramenait toujours la balle à son maître. Il n'avait pas besoin de bouger d'un poil pour faire courir son chien.

Il reçut de nombreux cadeaux de tous ses amis qui consistaient en des babioles achetées dans des marchés aux puces ou d'objets fabriqués de leurs propres mains. Les présents offerts par ses parents étaient au contraire tous de grand luxe. En plus de nouveaux vêtements s'ajustant à sa taille qui enflait toujours, le garçon eut une voiturette de golf pour ses promenades sur le domaine familial. Il reçut aussi une camionnette téléguidée qui atteignait, selon la boîte dans laquelle elle était emballée, une vitesse de 80 kilomètres à l'heure. Lorsque le garçon déballa une canne à pêche et tout l'attirail l'accompagnant, Brandon annonça à son fils qu'ils partiraient tous les deux dès le lendemain pour une réserve faunique, dans le nord du Canada, où ils iraient taquiner la truite entre hommes. Xavier et ses copains passèrent le reste de la journée à manger comme des pourceaux et à s'amuser comme des petits fous.

Xavier ne vit pas madame Lessard argumenter avec Sandra à son sujet. Elle accusait la mère du garçon de ne pas faire attention à son poids et que des problèmes de santé et sociaux finiraient par en résulter. Sandra lui répondit que l'éducation de son fils ne lui était plus confiée et que pour cette raison, elle pouvait bien garder ses suggestions et ses commentaires pour elle. Madame Lessard menaça d'alerter la protection de la jeunesse. Ce qui provoqua chez Sandra des rires sarcastiques.

« De quoi va-t-on m'accuser selon vous ? De trop bien nourrir mon fils ? Le fait que vous ne pourrez jamais offrir aux enfants de l'orphelinat le confort que nous prodiguons à Xavier ne vous permet pas de venir ici et critiquer notre façon de l'élever. »

La conversation se termina lorsque Sandra affirma que les amis de l'orphelinat seraient toujours les bienvenus pour venir tenir compagnie à son fils, mais que la présence de madame Lessard ne serait plus tolérée dans sa demeure.

Le voyage de pêche en compagnie de son père se passa comme un charme. Le grand air des régions sauvages eu un effet somnifère sur le garçon qui passa la semaine à manger et à dormir dans le bateau de pêche. Malgré son jeune âge, Xavier eut la permission de boire une bière lorsque le père et le fils, bien installés dans une embarcation très confortable au milieu du lac, trinquèrent au bonheur d'être ensemble dans un endroit aussi magnifique. À défaut d'aimer le goût du houblon fermenté, Xavier se sentait « cool » et fier de partager une boisson d'adulte avec son père. Le soir venu, peu avant d'aller se coucher, Xavier dit à Brandon :

« C'est toi et Sandra mes vrais parents désormais. Avant de me coucher, je vais remercier Dieu d'avoir tué mes parents biologiques car sinon, vous n'auriez jamais pu m'adopter.

- Et nous, ajouta Brandon, n'aurions jamais pu souhaiter un fils aussi formidable que toi.

- Je t'aime, Papa.

- Je t'aime aussi, fiston. »

Défilèrent les mois, amenant l'Halloween, puis Noël, ajoutant au quotidien des raisons de plus de fêter et de manger. Les enfants de l'orphelinat reçurent une nouvelle invitation pour venir s'amuser au domaine Myers. Ils passèrent un temps des Fêtes dans l'abondance. Ils jouèrent dans la neige pendant que Xavier coursait avec une motoneige, rendu trop gros pour s'exciter plus de cinq minutes sans en être fourbu. Le chocolat chaud coulait à flot et les morceaux de gâteaux de plusieurs variétés gardaient le sourire et l'énergie des enfants à leur paroxysme.

Quelques jours après Noël, Sandra reçut un appel de madame Lessard lui annonçant que les enfants de l'orphelinat n'iraient plus au domaine Myers. Le luxe dans lequel ils évoluaient pendant leurs séjours leur faisait prendre goût à cette vie qu'ils n'auraient sans doute jamais. Ils se plaignaient du peu qu'ils avaient à l'orphelinat et jouaient les têtes fortes. Ils étaient en temps normal de si gentils enfants. Sandra lui dit :

« La jalousie vous aveugle, madame Lessard. Vous allez priver un gentil garçon comme Xavier de la présence de ses amis, tout ça parce que vous perdez le contrôle sur vos enfants ? Vous n'avez pas de cœur. »

La mère de Xavier raccrocha le téléphone au moment où madame Lessard commençait à crier au scandale.

Plusieurs semaines plus tard, Sandra vint réveiller Xavier qui roupillait dans un hamac après avoir affronté une terrible fringale de milieu d'après-midi en compagnie de Gaston. Le cuisinier s'ajustant constamment aux horaires de l'estomac de Xavier lui avait préparé un poulet braisé accompagné de pâtes dans une sauce tomate aux champignons portobello, le tout gratiné d'une généreuse portion de fromage mozzarella.

La mère du garçon le réveilla tout doucement. De retour des profondeurs du sommeil, Xavier sourit à sa mère avant de lui demander s'il pouvait lui être utile d'une façon ou d'une autre.

« Xavier, mon petit chéri, ce samedi ça fera un an que tu fais partie de notre vie.

- Je sais maman, la plus belle année de toute ma vie. »

Sandra caressa son visage tout rond.

« Pour l'occasion, ton père et moi avons invité des amis. Nous voudrions te présenter à eux.

- C'est très gentil, maman. Je vous ferai honneur à papa et toi.

- Je sais mon petit. Gaston nous a demandé si tu pouvais aller lui prêter main forte dans les cuisines. Jusqu'à l'arrivée de nos invités, du moins.

- Avec plaisir, maman.

- Parfait. Il voudrait que tu le rejoignes samedi matin, à 8 h. »

Xavier imita un salut militaire avant d'ajouter :

« Nous remplirons notre mission, mon général. Nous n'aurons de répit qu'une fois tous les estomacs repus. »

Ils rigolèrent ensemble puis Sandra laissa le garçon terminer son somme lui promettant de venir le chercher pour le souper.

Xavier se leva le samedi matin à 7 h. Il fit sa toilette avant d'aller rejoindre Gaston à la cuisine. Le cuisinier était déjà en train de hacher des légumes sur la planche à découper.

« Gaston, je suis là ! Est-ce que tu pourrais faire le truc des couteaux avant que l'on commence ?

- Avec plaisir ! » s'exclama le chef, se retournant soudainement. Il lança trois couteaux à travers la cuisine qui finirent leur course sur une planche visée au mur, à l'autre bout de la pièce.

Malgré l'incalculable nombre de fois où Gaston avait réalisé cette prouesse, Xavier restait impressionné par la dextérité du cuisinier. Les yeux fixés sur les couteaux, la fascination retenant son attention, il ne remarqua pas le cuisinier ramasser un marteau de caoutchouc et s'approcher subtilement de lui. Il n'eut jamais conscience de ce qui lui était arrivé lorsque Gaston lui asséna un coup de marteau sur la nuque le tuant instantanément, mais n'abîmant pas sa jolie peau.

Les invités arrivèrent tôt, le champagne coulait à flot, les amuse-gueules faisaient fureur. Les gens présents, œuvrant dans des milieux différents, avaient tous un point en commun : ils possédaient une fortune respectable. Contrairement à ce que Sandra avait affirmé à Xavier quelques jours auparavant, ils n'étaient pas des invités des Myers, ils avaient tous payé près de 5 millions de dollars pour être présents.

Lorsque les cinquante invités prirent place autour de la grande table dans la salle de réception du manoir Myers, les assiettes n'attendaient qu'à être garnies. Au centre de la table, un gigantesque plateau surmonté d'une cloche d'aluminium contenait ce pourquoi tout le monde était venu.

Brandon et Sandra entrèrent dans la pièce et vinrent prendre place au bout de la table sous une pluie d'applaudissements.

« Chers amis, commença Brandon, bienvenue à ce banquet.

- J'espère que vous ne vous êtes pas bourrés l'estomac des excellents canapés concoctés par Gaston, ajouta Sandra, car sinon ils vous auront coûté cher. »

Un petit rire parcourut la salle.

« Maintenant, laissez-nous vous présenter le chef cuisinier, que dis-je, l'artiste qui a créé à l'aide de son talent, de son génie, le festin qui fera le bonheur de vos palais dans quelques minutes. »

Tous les gens présents dans la pièce se levèrent et applaudirent l'entrée de Gaston qui pour l'occasion avait quitté ses vêtements de cuisinier et avait fier allure dans un smoking qui lui donnait de la prestance. Lorsqu'il eut rejoint Sandra et Brandon au bout de la table, il fit signe à ses invités de s'asseoir.

« Mesdames et messieurs, mes associés et moi-même voudrions vous souhaiter la bienvenue à ce festin grandiose. »

Il y eut une autre salve d'applaudissements que Gaston laissa s'estomper tranquillement avant de continuer.

« Un an et demi de travail fut nécessaire à la préparation du délice de ce soir. Plusieurs mois de recherche ont été nécessaires pour enquêter sur les origines de la viande qui va vous être servie. Elle a été soigneusement choisie pour ses provenances saines. Aucune drogue ou alcool n'a été consommé durant la grossesse. Pendant un an, il a été engraissé d'aliments réputés pour leur contenu nutritif. Chacuns des gras, sucres, protéines et autres nutriments ont été soigneusement calculés. Mêmes les sentiments du spécimen ont été manipulés, sécrétant de parfaites doses d'endorphines pour vous livrer la plus savoureuse des viandes qui soit. »

Gaston se mit à marcher, contournant la table et les gens assis autour. Il vint se placer au centre de la table et tendit les deux bras pour soulever la cloche d'aluminium qui était beaucoup trop lourde pour être soulevée d'une seule main.

« Chers amis, délectez-vous de Xavier ! »

Il souleva la cloche en un éclair.

Le cadavre de l'enfant obèse, était couché dans la position fœtale sur le plateau d'aluminium. On l'avait vidé de ses intestins qui avaient été remplacés par une farce dont seul Gaston connaissait la recette et il avait mijoté dans un délectable bouillon pendant toute la journée, pour rehausser le goût de sa chair.

En plus des 5 millions de dollars payés pour avoir droit de manger une part de Xavier, certains allaient même extirper d'autres millions de leur compte en banque pour avoir la chance exquise de goûter à des pièces uniques de l'anatomie du gamin...

... comme la langue.

UNE BONNE JOURNÉE

PLANS DIABOLIQUES

Jim avait souvent fantasmé à l'idée d'envoyer chier ses clients désagréables. Les ridiculiser, les envoyer paître. Il imaginait parfois des scénarios si convaincants sur la façon dont il les enverrait promener, que ça lui permettait, plus souvent qu'autrement, de continuer à faire son métier.

Il était boucher. Il avait tout un lot de clients hargneux qui se faisaient un plaisir de lui empoisonner son quotidien. Il y avait, bien sûr, les végétariens qui se faisaient un honneur de lui rappeler qu'il était un tueur d'animaux ou encore les snobinards qui se croyaient grands connaisseurs en coupe de viande et se faisaient un devoir de lui dire comment faire son travail. Il y avait aussi les éternels insatisfaits qui réussissaient toujours à trouver un détail dégoûtant sur la viande de premier choix qu'il leur servait. Pour terminer le lot, il y avait aussi les airs bêtes, les impatients, les gens trop occupés à parler au cellulaire et finalement, ceux qui, sous prétexte qu'ils payaient, se permettaient de le traiter comme de la merde.

Il fut une époque où, selon Jim, le ratio de clients pourris était beaucoup moindre que celui de bons clients. Pour un insatisfait qui venait se plaindre de quoi que ce soit, il y avait dix clients heureux qui le louangeaient pour son excellent travail. Par contre, plus les années passaient, plus Jim remarquait que le ratio semblait changer. Il y avait de moins en moins de bons clients et de plus en plus de trous de cul. Rosie, sa femme, suggéra un jour que c'était peut-être lui qui était de moins en moins tolérant. Peut-être, mais le problème restait tout de même entier, il adorait son métier, mais les mauvais clients lui faisaient détester son travail.

Jim venait de vivre l'une de ces journées où tous les types de clients désagréables semblaient s'être donnés le mot pour venir lui taper sur les nerfs. En fait, la journée fut si mauvaise qu'il avait décidé que c'en était trop. Dès le lendemain, il ferait les démarches pour vendre son commerce. Il existait sûrement un emploi où il ne serait jamais en contact avec un quelconque client. Le bonheur assuré !

Il tournait cette idée dans sa tête lorsque monsieur Caprini entra dans son magasin. Réglé à la seconde près, telle une horloge, le vieux monsieur venait, comme chaque jour, chercher son bifteck qu'il mangeait chaque soir pour son souper. Jim en était certain, car le vieillard fut son premier consommateur lorsqu'il ouvrit son commerce, cinq ans auparavant, et il était depuis son client le plus assidu.

Chaque jour, 16 h 55 tapant, monsieur Caprini entrait dans sa boutique, achetait son bifteck, discutait pendant 15 minutes et soudainement regardait sa montre et disait :

« Oh ! Désolé mon ami, je vous empêche de retourner chez vous après une dure journée de labeur.

- Aucun problème monsieur Caprini, vous savez que j'apprécie nos conversations de fin de journée. »

Le vieux monsieur tournait les talons et se dirigeait tranquillement vers la porte. Ce jour-là par contre, contrairement à son habitude, juste avant de sortir, il se retourna vers Jim et lui demanda :

« Est-ce que tout va bien mon ami ?

- Mais oui, pourquoi me demandez-vous ça ?

- Vous me paraissez préoccupé. »

Il n'était pas dans les habitudes de Jim de raconter ses déboires à tout le monde. En fait, Rosie, sa femme, lui répétait chaque fois qu'elle le pouvait que se renfermer sur lui-même le mènerait à une dépression.

PLANS DIABOLIQUES

Pourtant, pour une obscure raison, il raconta tout au vieillard.

Une fois qu'il eut vidé son sac, expliquant pourquoi il entreprendrait de vendre son magasin pour ne plus avoir à supporter les connards qui remplissaient son magasin jour après jour, il tourna le dos à monsieur Caprini, l'émotion lui remplissant les yeux de larmes.

« Allons mon ami, commença le vieil homme, il ne faut jamais verser de larmes pour ceux qui ne les méritent pas. »

Jim s'essuya les yeux et se tourna vers monsieur Caprini.

« Vous avez sans doute raison, mais je ne peux pas endurer ça plus longtemps. Je ne veux plus être la victime de tous ces merdeux.

- Soyez leur bourreau alors. »

Une image apparut dans la tête de Jim : ses pires clients se tortillant au bout de crochets à viande dans la chambre froide. Il s'imaginait servant à d'autres mauvais clients de beaux morceaux de viande découpés dans la chair de ceux gigotant dans le congélateur.

Un sourire carnassier se dessina sur ses lèvres, rictus anéanti la seconde d'après par la voix chaleureuse de monsieur Caprini.

« Ce n'est pas de meurtre dont je parle, lança-t-il comme s'il pouvait lire les pensées, mais de la chance que je vais vous donner de vous venger sans la moindre conséquence. »

Jim se sentit gêné. Il espérait que le vieillard ne pensait pas qu'il était un redoutable tueur en série qui faisait disparaître ses victimes dans l'estomac de ses clients...

Mais qu'est-ce que je raconte ? se demanda-t-il.

Jamais il n'oserait faire de mal à qui que ce soit, il y avait beaucoup trop d'humanité en lui pour poser un quelconque geste de cruauté envers un être humain. Pour ce qui est des animaux, il s'était forgé avec les années une barrière psychologique. Il les voyait désormais comme de la nourriture et non comme des êtres vivants.

« Demain, mon ami, vous pourrez dire et faire tout ce que vous voulez à vos clients, m'excluant, bien entendu. Vous pourrez vous défouler et ils ne se rappelleront de rien le lendemain.

- Ce serait effectivement très amusant. »

UNE BONNE JOURNÉE

Jim était dans la lune, pensant à tout ce qu'il dirait pour se défouler.

« Je crois que vous ne comprenez pas, ajouta monsieur Caprini, vous pourrez le faire. Demain, vous pourrez insulter vos clients, leur cracher au visage… je ne sais pas moi, faire tout ce dont vous rêvez de faire depuis des années. »

Jim comprit que le vieil homme parlait sérieusement.

« C'est impossible, monsieur Caprini, si je fais ça, je ferais faillite avant d'avoir vendu mon magasin.

- Non, car dans leur tête tout sera normal, vous leur aurez répondu comme vous le faites chaque jour, avec une extrême politesse. Pendant un jour, la réalité sera altérée pour tout le monde, sauf pour vous.

- Comme par magie ?

- C'est ça, oui, comme par magie. »

Jim ne savait pas trop quoi répondre à cela. Son meilleur client lui offrait de la sorcellerie, il était évident qu'il avait perdu la raison.

Le vieux monsieur tourna les talons et partit tranquillement. Il posa la main sur la poignée de la porte, l'ouvrit et juste avant de sortir, lança par-dessus son épaule :

« Ne me prenez pas pour un vieux débile, Jim. Il y a certaines choses qui ne s'expliquent pas en ce monde et la chance que je vous offre en est une. Profitez bien de votre journée de demain. »

Il sortit et la porte se referma derrière lui.

Pendant la soirée, Jim repensa à la conversation qu'il avait eue avec monsieur Caprini. Il n'était en aucun cas possible que ce soit vrai, mais ô combien intéressant en était l'idée. Il se demandait surtout ce qu'il voulait dire par : "Il y a certaines choses qui ne s'expliquent pas en ce monde…" Il voulait sans doute lui jouer un mauvais tour et cette phrase était très accrocheuse, mais pourquoi quelqu'un d'aussi gentil voudrait lui faire ce genre de mauvaise blague ? À la première personne qu'il insulterait, il se rendrait compte à quel point il était stupide et perdrait à tout jamais sa clientèle.

C'était très méchant d'offrir une si belle opportunité à quelqu'un pour ensuite le ramener sur terre aussi brutalement.

Mais si c'était vrai...

Jim s'endormit sur cette pensée.

Ce fut un réveil comme les autres, rien d'autre à dire. En fait, Jim avait complètement oublié sa conversation de la veille avec monsieur Caprini. Il prit sa douche, déjeuna et partit pour la boucherie.

Comme chaque mercredi, madame White, avec son sourire mielleux, se tenait devant la porte du magasin. Il était 8 h 45 et Jim ouvrait le magasin à 9 h, mais il pouvait prédire ce que la dame allait demander.

« Bonjour Jim. Est-ce que vous pourriez me servir maintenant, il me faut cinq kilos de viande pour la résidence et j'ai d'autres emplettes à faire... »

Jim n'écoutait plus. Madame White était un vieux disque rayé qui vous repassait toujours le même extrait. Si vous y portiez attention trop longtemps, ça pouvait vous rendre fou.

« Bien sûr madame White, aucun problème. Entrez, je vous en prie. »

Toute trace de sourire disparut alors du visage de la dame. C'est sûrement de cette façon que son mariage avec feu monsieur White avait eu lieu. Elle lui avait fait de jolis sourires qui se sont estompés au moment où, planté devant le curé, il avait dit oui. Il avait préféré mourir jeune que d'avoir à passer le reste de sa vie avec la vieille chipie.

Jim se demanda quelle serait sa réaction s'il lui racontait ce à quoi il pensait. Cette pensée le fit sourire pendant qu'elle lui débitait, dans un souffle, sa commande. Il n'avait même plus besoin de noter, la mégère prenait toujours la même chose. Pas étonnant que les personnes âgées de la résidence où elle travaillait avaient mauvaise mine, un peu de variété ne leur ferait pas de mal.

Alors qu'il s'affairait à préparer la commande, madame White commença à tout critiquer. Elle commença par s'inquiéter de son hygiène, il répliqua qu'il portait des gants et que le filet qui recouvrait ses cheveux servait à prévenir son possible manque de propreté. Ce fut ensuite le tour des coupes qu'il effectuait dans les morceaux de viande qui n'étaient pas faites dans le bon angle. Jim fit l'erreur de lui demander d'élaborer sur le sujet et s'ensuivit un long, et surtout inintéressant, monologue de madame White sur un documentaire qu'elle avait vu à la télévision sur l'importance de l'angle de coupe de la viande. Selon ses dires, ces fameux angles préviendraient de nombreux maux allant de la mauvaise digestion au cancer du colon.

Tranquillement, la pression montait. Jim était de moins en moins tolérant envers de telles sottises provenant d'une conne qui se sentait importante en dénigrant le travail des autres. Tant bien que mal, il résistait à la tentation de lui répliquer une vacherie qui lui clouerait le bec. Apparemment, il s'était levé du mauvais pied ce matin-là et il se sentait comme une bombe sur le point d'exploser. Il retourna à sa viande, qui lui apparaissait plus tendre que la nouille se tenant de l'autre côté du comptoir.

« Vous pourriez au moins avoir la décence de me laisser terminer mes explications. »

C'en était trop. C'était ce genre d'attitude qui le poussait à vouloir vendre son magasin et, tant qu'à le faire, aussi bien qu'un de ces merdeux soit au courant.

« Vous savez quoi ? J'en ai rien à foutre de vos imbécilités. En fait, si vous voulez mon avis, ce n'est qu'un gros paquet de conneries, chose assez peu étonnante venant d'une connasse de votre espèce. »

La dernière syllabe venait à peine de quitter ses lèvres qu'il commençait déjà à regretter ses paroles. Madame White était effectivement la bêtise ayant pris forme humaine, mais elle était aussi une de ses meilleures clientes, monétairement parlant.

« Je vois, » dit-elle figée sur place.

Lorsqu'elle sortirait de sa torpeur, elle crierait au scandale, l'invectiverait, l'insulterait pour cent fois ce qu'il venait de lui dire. Elle lui ferait une réputation de brute dans la localité et finalement, elle ne viendrait plus jamais acheter dans sa boucherie. Jim se demanda à nouveau s'il n'avait pas dépassé les bornes, éprouvant malgré tout une certaine satisfaction à son acte libérateur.

PLANS DIABOLIQUES

Où était la frontière entre la politesse et l'agression ? Lorsque le client-roi devenait un bourreau, est-ce que la limite était franchie ?

« Je vois, répéta-t-elle. Je ne suis pas entièrement d'accord avec vous mais votre point de vue est intéressant. »

C'était au tour de Jim d'être figé sur place. L'insulte lancée avec tout son fiel venait d'avoir autant d'effet sur madame White que des gouttes de pluie sur le dos d'un canard. Peut-être que la pimbêche était habituée à être insultée de la sorte ? Non ! La conversation qu'il avait eue avec monsieur Caprini la veille lui revint soudainement en tête. Ce pouvait-il que le vieillard n'ait pas perdu la tête finalement ?

Il semblait bien que oui.

« Vous trouvez que le fait que je vous traite de connasse est intéressant sans que vous soyez entièrement d'accord ? Je m'en contrefous, c'est mon opinion qui compte et non la vôtre. Parlant de chose intéressante, avez-vous remarqué que votre coiffure vous fait ressembler à un cure-oreille ? »

Jim retint son souffle, il avait toujours un doute. Et s'il prenait ses fantasmes pour la réalité soudainement ?

Madame White se passa la main sur les cheveux. Elle baissa les yeux, coquette. Lorsqu'elle releva la tête, une petite teinte rosée lui colorait les joues et un sourire tout en dents lui remplissait la bouche.

« Je vous remercie. J'ai demandé à Charlie, mon coiffeur, d'essayer quelque chose de nouveau et il m'a coiffée comme ça. J'ai dormi avec un sac de plastique sur la tête pour ne pas défaire ma coiffure. »

Il n'y avait plus de doute à avoir, elle n'entendait pas ce qu'il lui disait, ou plutôt, elle n'interprétait pas les mots de la même façon qu'ils sortaient de sa bouche. Pour elle, il était toujours le gentil et poli Jim le boucher, plié en deux, à faire des courbettes pour la satisfaire.

Un sourire mesquin se dessina sur ses lèvres.

« Vous avez dormi avec un sac de plastique sur la tête ? C'est extrêmement dangereux ! Vous auriez pu mourir par suffocation si vos voies respiratoires s'étaient obstruées. (Il se mit à crier) Et comment j'aurais pu vous traiter de grosse salope aux caprices aussi imposants que son cul, si vous étiez morte ? (Son ton redevint normal) Ne faites plus jamais ça.

- Merci beaucoup de vous inquiéter de ma santé, Jim, mais il n'y a aucun danger, le sac ne recouvrait pas mon visage.

- Me voilà rassuré. »

Jim lui lança son sac de viande par-dessus le comptoir. Elle le reçut durement, mais continuait à sourire bêtement. Il la fit payer et elle partit en le remerciant pour son bon service.

« Tout le plaisir était pour moi, » répondit-il.

Effectivement, il se sentait heureux comme au premier jour de son entrée en fonction comme boucher du quartier. Tout était possible à l'époque. Il avait de grands projets qui se sont lentement estompés avec son enthousiasme, puisqu'il passait le plus clair de son temps à s'inquiéter de la satisfaction de ses clients plutôt qu'à la sienne. Il commençait à entrevoir des rayons d'espoir filtrer au travers de la brume du mécontentement. Il était incapable de s'empêcher de sourire et c'est dans cet état de béatitude qu'il attendit son prochain client.

Arrivèrent quelques clients agréables qui ne furent pas victimes de sa méchanceté. Jim ne perdit pas son temps à les insulter, l'envie n'y était même pas. Il les aimait bien et ils lui rappelèrent pourquoi il faisait ce métier. C'était ces personnes qui méritaient qu'on leur serve la grande qualité qu'on ne retrouvait pas dans les magasins à grande surface. De plus, ce n'était pas le but de cette journée. C'était un jour qu'il devait consacrer à redresser les torts qu'il avait subis.

Entra alors un homme dans la quarantaine avancée qui avait « je m'en viens te faire chier » imprimé sur le visage. Mentalement, Jim jubilait, il était prêt à le renvoyer au pays des trous du cul.

Le boucher ne s'était pas trompé, l'homme de l'autre côté du comptoir était un être désagréable. Sous prétexte qu'il n'avait pas eu sa dose de caféine idéale, il se permettait d'envoyer promener quiconque se mettait en travers de son chemin. Après avoir tenté d'engager la conversation avec l'homme à la bonne humeur défaillante, Jim l'écouta lui faire part de ses besoins en matière de viande et attendit qu'il engage le combat. Ce qui ne tarda pas...

PLANS DIABOLIQUES

Alors qu'il hachait du bœuf, l'enragé matinal prit la parole, déclarant la guerre à Jim le boucher.

« Votre viande n'a pas l'air fraîche.

- C'est votre haleine qui ne l'est pas, répliqua Jim.

- Je vous demande pardon ?

- Je pense que votre nez, trop près de votre bouche, confond votre haleine de café et de cigarette avec le doux parfum qui flotte dans ma boutique.

- Vous croyez ?

- J'en suis certain. »

L'homme désagréable semblait retourner cette pensée dans sa tête pendant que Jim continuait de pousser le bœuf dans le hachoir.

« Est-ce que je pourrais sentir la viande ? » demanda l'homme.

C'était trop beau pour être vrai, il voulait sentir. Jim prit une grosse poignée de bœuf haché dans sa main.

« Avec grand plaisir. »

Il contourna le comptoir et vint se placer au côté de l'air bête. Il leva la viande sous le nez du monsieur.

« Allez-y, sentez-moi ça. La fraîcheur de cette viande, de la haute qualité. »

Lorsque l'homme approcha son nez de la poignée de bœuf haché, Jim lui écrasa sur le visage comme si c'était une tarte à la crème.

« On sent beaucoup mieux comme ça. »

L'air bête se tenait devant lui, le visage recouvert de viande et Jim remarqua qu'il reniflait. Il était en train de déterminer la qualité du hachis bovin qu'il avait sur le visage. Il resta ainsi pendant quelques instants puis déclara :

« Vous avez tout à fait raison, c'est de la viande de très haute qualité. »

L'homme leva alors la main droite qui tenait une tablette à pince.

« Je m'appelle Charles Kowalski, je suis inspecteur de la qualité. Je suis ici pour votre inspection annuelle. »

Jim reconnut Charles. Ce connard de fonctionnaire fouille-merde avait passé tout son stock en revue l'an dernier. Il était arrivé en fin de journée pour son inspection et avait retenu Jim jusqu'à 8 h dans la soirée. En quittant, il n'avait pas bien refermé la porte du congélateur résultant, pour Jim, en la perte d'une grosse partie de son inventaire. Ça lui avait coûté une fortune et évidemment le gouvernement n'avait jamais voulu rembourser la perte qu'il avait dû éponger.

« Je suppose qu'il est temps de faire l'inventaire de la chambre froide, suggéra Jim.

- Effectivement.

- Veuillez me suivre. »

Jim conduisit l'inspecteur jusqu'au congélateur, lui ouvrit la porte, le laissa entrer et referma derrière lui. Il barra la porte pour l'empêcher de sortir. Il n'allait pas le faire mourir de froid, mais de le laisser se geler les couilles pendant quelques heures lui fournirait sûrement une compensation pour la viande perdue l'année auparavant.

Il retourna servir ses clients injuriant ceux qui le méritaient et offrant aux autres le meilleur service qu'ils aient eu de toute leur vie.

Sur l'heure du dîner, Rosie l'appela pour l'encourager à passer au travers de la journée sans trop se décourager. Elle fût surprise d'entendre son mari, heureux comme un pinson, lui annoncer qu'il adorait son travail. C'était comme à l'époque où il avait ouvert son commerce. Elle soupçonna son mari d'avoir consommé de l'alcool, mais se ravisa. La dernière fois qu'il avait bu une goutte d'alcool, c'était le jour de leur mariage.

Plus tard dans l'après-midi, alors qu'il servait des clients, Jim leva les yeux sur l'horloge et vit qu'il était 15 h 30. Il s'excusa auprès de sa clientèle et s'éclipsa.

Chaque jour, à cette heure, des collégiens végétariens se faisaient un devoir de venir militer devant sa boutique. Ils hurlaient des insanités, traitant Jim comme un être cruel qui tuait sans pitié. Chaque jour, ils venaient faire leur spectacle, empêchant même parfois les clients d'entrer.

Jim avait bien tenté de les faire partir, mais il comprit rapidement que plus il leur dirait de partir et plus ils s'entêteraient à continuer. Si la fréquence de leur visite était régulière, la durée de leurs manifestations allait en diminuant. Éventuellement, ils finiraient par ne plus venir. Peut-être même qu'un jour, ils décideraient de ne plus être végétariens et qu'ils achèteraient dans sa boutique.

PLANS DIABOLIQUES

Mais ce jour-là, rien de tout ça n'importait, car lorsque les étudiants vinrent se planter devant la porte, Jim les attendait sur le toit, au-dessus de leur tête. Quand ils commencèrent à entonner leurs cris de guerre, une pluie d'urine commença à leur tomber sur la tête. Plusieurs levèrent la tête pour voir le boucher leur vider le contenu de sa vessie sur le visage.

« Il était temps que vous arriviez les gars, je me retiens depuis ce matin. »

Pourtant, lorsqu'il redescendit, ils étaient toujours là à crier devant son établissement. Il décida que leur problème était qu'ils devaient simplement être frustrés car certains se remplissaient la panse de délicieuses viandes pendant que leurs corps chétifs se ratatinaient par manque de protéines. Il ramassa un plateau de cubes de bœuf et alla les faire taire en leur enfonçant les morceaux dans la bouche. Ils finirent par partir.

Jim termina sa journée, gonflé à bloc. Il ne s'était pas senti aussi pimpant depuis très longtemps. À 16 h 55, monsieur Caprini, fidèle à son poste, entra dans la boucherie pour venir chercher ses biftecks.

« Alors, mon ami, avez-vous passé une bonne journée ? demanda le vieux monsieur.

- Sans doute la meilleure journée que j'ai vécue depuis des années. Je suis même un peu déçu qu'elle soit déjà terminée. Il y a tellement de mauvais clients à qui j'aurais voulu dire ma façon de penser qui ne se sont pas présentés.

- Ne vous inquiétez pas pour ça. Prenez la date en note, désormais ce phénomène se reproduira pour vous chaque année. »

Jim en était parfaitement heureux, le vieil homme lui permettait d'apprécier son travail et même, d'espérer un jour en particulier dans son année.

« Pourquoi ? demanda-t-il. Pourquoi faites-vous ça pour moi ? »

- Vous êtes humble, mon ami. Vous faites votre travail pour servir les gens, pour leur offrir ce qu'il y a de mieux. La qualité de votre travail dépasse largement le montant que vous chargez à vos clients. Vous étiez prêt à tout quitter car vous sentiez qu'on ne portait aucune attention à vos efforts. Moi, j'y portais attention et je trouverais dommage que vous baissiez les bras pour quelques imbéciles.

- Merci !

- Et de plus, vos biftecks sont beaucoup moins chers qu'à l'épicerie. »

Les deux hommes se mirent à rire. Monsieur Caprini repartit avec de très beaux biftecks, gracieuseté de Jim. Juste avant de sortir, il ajouta :

« N'oubliez pas, mon ami, qu'un meurtre, qu'il soit volontaire ou non, reste un geste irréparable, même aujourd'hui. »

Il sortit.

Jim se demanda ce qu'avait voulu dire monsieur Caprini. Soudainement, il comprit. Charles Kowalski, l'inspecteur de la qualité était toujours dans le congélateur.

Lorsqu'il ouvrit la porte, Charles avait le visage couvert de givre, les lèvres bleues et le froid secouait son corps de spasmes incontrôlables.

« Fé…félicitations. Vo…votre boucher…rie est…est…est imp…p… p…p..peccable.

- Merci beaucoup. »

Jim s'assura que le congélateur était bien fermé lorsqu'il permit à Charles Kowalski de grelotter jusqu'à la sortie. Il allait se réveiller avec un terrible rhume le lendemain matin et prendrait quelques jours de congé tout en se demandant où il avait pu prendre froid.

Quant à Jim, pour la première fois depuis longtemps, il quittait son travail sans redouter le lendemain matin comme une autre pénible journée à servir des monstres.

MARIE-JEANNE

Thomas s'étouffa avec la bouffée de fumée qu'il venait d'inhaler. Le père de sa petite amie venait d'entrer dans la chambre de sa fille au moment où ils fumaient de la marijuana. Le réflexe de Thomas fut de lancer le restant du joint par la fenêtre, mais de la fumée s'échappait toujours de sa bouche.

« Ah ! Merde ! » s'exclama Jade en voyant son père.

Pourtant, le père de la jeune fille, Richard, semblait amusé par ce qu'il voyait.

« Alors les jeunes, on fait la fête avec Marie-Jeanne. »

Il vint s'asseoir sur le lit de sa fille et leur sourit.

« On ne faisait rien de mal monsieur, on ne faisait que s'amuser un peu. »

Richard lui fit signe que ce n'était pas un problème.

« Ne t'inquiète pas mon petit Thomas, j'ai déjà eu ton âge, moi aussi. »

Le jeune homme n'était pourtant pas rassuré, peut-être était-ce dans le ton qu'avait utilisé le père de sa copine ou la façon qu'il l'avait affirmé, mais toujours est-il qu'il se sentait inconfortable.

« Papa, s'il te plait, ce n'était qu'un joint.

- Je sais, ma fille et je le répète, je ne suis pas fâché. Même que s'il vous en reste un peu, je pense bien que j'en partagerais avec vous.

- Sérieux ?

- Mais oui. »

Thomas jeta un œil en direction de Jade qui lui disait non de la tête, mais l'adolescent voulant la jouer « cool » décida de mettre le père de sa copine dans sa poche. Il sortit son petit sac contenant la drogue et se mit en train de confectionner un beau gros pétard.

La cigarette magique prête, il la brandit devant les yeux de Richard, fier de son œuvre. Sans hésiter, le père de Jade attrapa le joint, le coinça entre ses lèvres et prit le briquet que Thomas lui tendait : un Zippo chromé. Il profita de l'occasion pour démontrer sa dextérité avec ce genre d'engin. Le prenant entre le pouce, l'index et le majeur, il fit pivoter le Zippo sur lui-même, ouvrant son capot dans le même mouvement. Il claqua ensuite des doigts au-dessus de la roulette d'allumage faisant jaillir la flamme. Les facultés de Thomas légèrement affaiblies, il fut d'autant plus impressionné par les prouesses de Richard qui inspirait déjà la première bouffée de marijuana. Il tendit le joint à Thomas qui le prit et inhala lui aussi la fumée.

Lorsque le jeune homme tendit le joint à Jade, Richard se dépêcha de le reprendre et se gâta une deuxième fois.

« Ça me rappelle un épisode de ma vie qui a fait de moi ce que je suis aujourd'hui. »

Thomas pouffa de rire sous le ton solennel de son futur beau-père.

« Papa, non ! »

Elle savait trop bien ce que voulait dire son père par cet épisode, encore cette vieille histoire qui met toujours la merde entre elle et ses copains.

« Allons Jade, lança Thomas, je voudrais savoir ce qui a rendu ton père si "cool". »

Il fit un clin d'œil complice à sa copine voulant lui faire comprendre qu'il avait la situation sous contrôle, mais Jade n'avait pas du tout l'air convaincue. En fait, si le contraire de convaincue pouvait être physiquement représenté, il le serait parfaitement sur le visage de Jade.

« Mais oui Jade, rajouta son père, laisse-moi mes quinze minutes de gloire. Laisse-moi raconter à mon futur gendre pourquoi je suis si "cool".

- Non ! Il n'en est pas question. »

Mais Thomas ne l'entendait pas de cette façon. Il avait décidé de mettre le père de sa copine de son côté et s'il fallait pour cela écouter les histoires d'un vieil huluberlu, qu'il en soit ainsi.

« Allez-y, Richard, s'écria Thomas, laissez-la faire, son opinion ne vaut rien de toute façon. »

Il éclata de rire à la suite de sa remarque misogyne et pendant que, les yeux fermés, il s'esclaffait, il ne vit pas le regard empoisonné que lui lançait Richard.

Jade le vit, ou plutôt, le reconnut.

Ce n'était pas la première fois.

Elle se leva d'un bond, et tira Thomas par le bras.

« Viens, j'ai envie d'aller faire un tour. »

Thomas la força à se rasseoir.

« Calme-toi, j'ai envie de connaître l'histoire de mon futur beau-papa. »

Il tourna la tête vers ce dernier qui avait remis le masque du père naïf et lui fit un clin d'œil.

« Allez-y monsieur, je suis tout ouïe. »

Richard termina le joint et d'une chiquenaude, l'envoya par la fenêtre rejoindre son semblable. Jade tenta une dernière fois de protester, mais Thomas mit son index devant sa bouche et grogna.

Faisant semblant d'être amusé par le garçon ridiculisant sa fille, Richard s'installa confortablement dans le lit et commença son histoire.

« C'était en 1972, j'avais déjà découvert l'agréable compagnie de Marie-Jeanne. Elle était toujours partante pour venir faire la fête avec moi, mon copain Billy et tous les autres membres de notre petite bande. À l'époque, j'étais loin de me douter que je deviendrais le puissant banquier que je suis aujourd'hui. »

Thomas ouvrit grand les yeux, comme s'il prenait soudainement conscience que le père de sa copine était sans doute très riche. Ce qui lui assurerait un bel avenir s'il jouait bien ses cartes.

« J'étais tellement accroc au pote, à l'époque, que la fille avec qui je sortais, la mère de Jade, et moi-même, avions décidé d'avoir deux filles et d'en appeler une Marie et l'autre, Jeanne. »

Thomas se mit à rigoler en regardant sa petite amie et hurla entre deux fous rires :

« T'as failli te retrouver avec un nom de grand-mère ! »

Jade lui lança une claque amplifiant l'hilarité de Thomas.

« Ce n'est pas drôle, arrête de rire. »

Ordre qui ne fut pas suivi, le jeune homme riant de plus belle.

Richard, sourire aux lèvres, attendit que les rires s'estompent un peu avant de continuer.

« C'était une époque de découvertes au niveau personnel. L'Église perdait des plumes, le sexe, la drogue et le rock n'roll vivaient leurs heures de gloire. Je ne pense pas avoir vécu une époque aussi folle. J'étais heureux et comblé et je venais d'apprendre que j'allais être père, de quoi devenir complètement fou de joie. C'est à cette époque que Billy arriva avec son plan merdique. »

Thomas semblait à demi intéressé par son histoire, mais Richard savait que la suite allait l'intéresser. Thomas était ce genre d'adolescent qui adorait les histoires de drogue, de violence et d'horreur; il allait être servi.

« Nous devions nous rendre à la frontière États-Unis/Mexique pour acheter un beau gros paquet de cocaïne à rabais. Apparemment, un politicien mexicain aurait fini sous les balles de soldats rebelles qui lui auraient confisqué deux valises pleines de coke. Ils voulaient vendre leur butin pour financer leurs petites guerres, mais ils devaient le faire vite car le politicien pourri allait être remplacé très vite et son remplaçant voudrait remettre la main sur le magot. La première étape du voyage s'est déroulée sans problème. On s'est rendus sans détour jusqu'au point de rencontre, chose étonnante étant donné que nous avions tous les deux les facultés très affaiblies. Marie-Jeanne avait fait le voyage avec nous.

- Je voulais vous dire, Richard que je trouve très "cool" votre façon de parler de pote comme si c'était une femme.

- Merci », répondit Richard au compliment tout en pensant intérieurement que ce petit merdeux n'était qu'un lèche-cul.

« C'est là que les événements ont commencé à mal tourner car, oui, Marie-Jeanne est une femme, ou plutôt la maîtresse parfaite, et les hommes sont prêts à tuer pour elle. Tout le monde l'a consommée mais elle n'appartient à personne. Elle est comme un rêve érotique que l'on fait tout éveillé. Elle représente le paradis, elle représente la liberté à tous les niveaux. Elle représente le désir, mais surtout, elle représente le pouvoir. C'est ce pouvoir que certains convoitent, qui corrompt et qui pousse au meurtre. »

Voilà qui était fait. Thomas était maintenant accroché, il voulait connaître le restant de l'histoire. Comme il l'avait prédit, en incluant le sexe et la mort dans son histoire, il aurait toute l'attention du jeune imbécile.

« Votre ami Billy vous a trahi pour pouvoir garder le magot pour lui et vous l'avez tué en légitime défense. C'est ça ?

- Pas du tout, mon petit Thomas. Billy est effectivement mort, mais ce n'est pas moi qui l'ai tué. »

Richard se pencha en avant, fixant son regard d'acier dans celui endormi de Thomas. Le jeune homme se sentit mal à l'aise sous la tension du moment. Lorsque le père de Jade fut sûr que le copain de sa fille était très attentif, il ajouta :

« À l'époque, l'amitié qui nous unissait était sacrée. Billy ne m'aurait jamais trahi, tout comme j'aurais préféré mourir que de lui faire du mal. C'est une notion qui fait défaut à votre génération malheureusement. »

Les deux adolescents levèrent les yeux au ciel. Comme tous les jeunes de leur âge, ils n'aimaient pas entendre les belles morales de leurs parents, fumeurs de marijuana ou non.

« Pas d'inquiétude, je sais que ce n'est pas à coup de marteau que l'on peut faire entrer ces belles notions dans vos cerveaux. Je vous dispense donc de la morale de papa.

- Excellente idée ! » s'exclama Thomas qui semblait ne pas se rendre compte que ces petites remarques n'amélioraient en rien l'image qu'il projetait aux yeux de Richard qui décida néanmoins de continuer son histoire.

« En fait, c'est une branche rebelle de la CIA qui a tué Billy. Nous avions un contact avec l'un de ces salauds, Paul Rudd, qui disait vouloir nous acheter la drogue à cinq fois le prix que nous l'avions payée. Ça nous permettait de remettre l'argent emprunté pour le coup, on se faisait un beau petit magot et les agents pourris la revendaient à un prix exorbitant finançant leurs opérations secrètes. C'était parfait, tout le monde en avait pour son argent. Mais ces salopards de la CIA ne l'entendaient pas de la même façon. »

Richard se racla la gorge, ramenant Thomas de 1972 à aujourd'hui. Ce dernier sauta aussitôt aux conclusions :

« Donc, Paul Rudd et ses agents pourris de la CIA ont tué Billy et vous dans un accès de rage, vous les avez descendus d'une balle chacun dans le front. »

En terminant sa phrase, il imita le bruit d'un coup de feu et déguisant son doigt en projectile, le fit percuter sur son front en caricaturant un cri d'agonie.

« Pas tout à fait, dit Richard, mais presque. Les agents pourris de la CIA ont bel et bien tué Billy. Le plan était que je reste au volant de la voiture pendant que Billy allait faire l'échange avec Paul. Tout se passait bien, Billy lui montra la drogue, Paul lui montra l'argent, ils échangèrent les valises et Billy reçut une balle dans la poitrine. »

Richard hurla :

« Pow ! »

Les deux adolescents sursautèrent, Thomas devint blanc comme un drap. Jade qui connaissait pourtant l'histoire par cœur s'était à nouveau fait avoir par la mauvaise blague de son père. Ce dernier rigolait à voir la surprise sur leurs visages.

« J'ai failli faire une crise cardiaque ! s'exclama Thomas.

- À ton âge, mon petit Thomas, ça aurait été étonnant. Sans doute amusant, mais étonnant. »

Jade lança à son père un regard colérique que Richard voulut aussitôt tempérer en ajoutant :

« Voyons Jade, ce n'est qu'une blague. Thomas ne m'en veut pas. N'est-ce pas

Thomas ?

- Mais oui, relaxe Jade, ton père est "cool" et je suis "cool", on est fait pour s'entendre. »

Il tapota la cuisse de sa petite amie (beaucoup plus haut que le permet la bienséance), faisant serrer les poings de Richard. Il décida de continuer son histoire au lieu de démolir la gueule du petit con.

« Comme tu peux te l'imaginer, je ne suis pas sorti pour leur demander l'argent à mon tour. J'ai fait faire demi-tour à la voiture et j'ai appuyé à fond sur l'accélérateur pour pouvoir mettre le plus de distance possible entre moi et les assassins de Billy.

- Vous aviez quelle sorte de voiture ?

- Une Nova SS. »

Thomas sembla chercher dans sa mémoire l'image de la voiture ou une quelconque information sur ses performances, mais ne trouvant rien, il dit :

« Je ne connais pas, mais moi, je suis déjà monté dans une Honda Civic modifiée… »

Trouvant l'intervention de Thomas complètement insignifiante, Richard décida de continuer son histoire, lui coupant la parole.

« La poursuite a duré presque une heure. Tout d'abord, je zigzaguais dans le désert ce qui me permettait de garder à distance leur voiture au moteur beaucoup plus puissant que le mien.

- Ils avaient quoi comme voiture ?

- Des Crown Victoria noires. »

Encore une fois, Thomas fit travailler son cerveau ralenti par la drogue et lorsqu'il ouvrit la bouche pour déclarer une autre imbécillité, Richard le prit de court.

« Ça n'a rien à voir avec une Honda Civic ou n'importe quelle autre poubelle économique d'aujourd'hui que l'on appelle voiture sportive. Les voitures de l'époque, c'étaient des monstres mécaniques d'une puissance incroyable, qui atteignaient des vitesses inouïes. Elles pouvaient dévorer des milliers de kilomètres en rugissant comme des lions enragés. »

Richard pouvait lire dans les yeux vitreux du jeune homme que ce dernier essayait de se créer l'image d'un félin mécanique, dévorant l'asphalte, le désert défilant au loin.

Il comprit qu'il était inutile de lui expliquer la métaphore et continua son histoire.

« Je fis la gaffe de reprendre la route. Il était évident que tôt ou tard, ils allaient me rattraper et me faire la peau. Il me faut donc répéter que mes facultés affaiblies m'empêchaient de raisonner pleinement et que Marie-Jeanne semblait quant à elle avoir beaucoup de plaisir. Ils commencèrent à tamponner ma voiture pour essayer de me faire sortir de la route, mais ma conduite exemplaire me permettait de rester dans la course. Je leur ai tenu tête ainsi pendant plusieurs kilomètres, le soleil descendant rapidement à l'horizon lorsque soudainement tout mon univers a basculé, littéralement. Il y eut un coup de feu, le pneu avant droit de ma voiture éclata, propulsant ma voiture dans une série de tonneaux. Je me souviens avoir tenté de compter le nombre de tours que ferait la voiture pendant que Marie-Jeanne hurlait de plaisir. Mais au sixième ou septième tour, ma tête frappa le volant de la voiture, m'envoyant dans les vapes. Lorsque je repris mes esprits, on m'avait traîné hors de ma voiture et Paul Rudd me pointait de son revolver.

- Putain, vous étiez vraiment dans la merde ! » s'exclama Thomas.

Il ne semblait pas simuler son inquiétude. Malheureusement pour lui, sa compassion n'améliorait pas son sort, il aurait dû comprendre que l'histoire se terminerait bien puisque c'était le personnage principal du récit qui racontait les événements. Richard se confirma intérieurement l'imbécillité du jeune homme.

« Vous n'avez pas pu vous sortir de cette merde. C'est impossible.

- Et pourtant, mon petit Thomas, je suis là pour te raconter l'histoire. Maintenant, si tu es prêt pour le dernier acte, je vais te raconter comment j'ai survécu à une mort certaine.

- Oui, oui, allez-y. »

Il n'était maintenant assis que sur une seule fesse et avait peine à se contenir. Richard décida de ne pas le faire languir plus longtemps.

« Paul Rudd me dit que si ça pouvait me consoler, ma mort ne serait pas vaine et que l'argent qu'ils feraient avec la drogue leur permettrait de protéger les États-Unis de leurs ennemis. Lorsqu'il appuya sur la détente pour me renvoyer à mon Créateur, il fut foudroyé et réduit en cendres en une fraction de seconde. »

Thomas tomba en bas de sa chaise.

« Quoi ? Vous avez été sauvé par Dieu ? »

Richard rigola un peu avant de répondre.

« Pas vraiment. Ses acolytes levèrent tous les yeux au ciel et virent ce qui avait éliminé leur supérieur et se mirent à tirer dans cette direction avec leurs pistolets et leurs mitraillettes. L'un après l'autre, ils furent réduits en cendres, soufflés par le vent. Lorsque je levai à mon tour les yeux pour voir ce qui m'avait sauvé de la mort, je vis une gigantesque soucoupe volante flottant au-dessus de ma tête. Je fus enveloppé par une lumière aveuglante et je sentis mon corps léviter, être transporté par une force invisible dans le vaisseau spatial. »

La mâchoire de Thomas pendait comme s'il n'arrivait pas à mettre dans l'ordre toutes les informations qu'il venait de recevoir. Richard décida donc de terminer son histoire avant qu'il ne reprenne ses esprits.

« Les extraterrestres firent une série de tests sur moi, du plus classique consistant à m'insérer une sonde dans l'anus jusqu'à d'autres expériences plus expérimentales consistant à modifier mon ADN. Le but étant une invasion invisible de la terre, ils ont fait de moi un être à demi extraterrestre, servant à la fois d'espion pour eux et de propagateur de leur race. Lorsqu'ils me relâchèrent, je retournai à la maison. Ma copine était abattue car elle avait perdu notre bébé, je la consolai en lui promettant de lui faire un autre enfant, chose que je fis le soir même. Je lui assurai que j'améliorerais notre situation et que nous n'aurions plus jamais besoin d'argent. À force d'ambition, je devins le puissant banquier que je suis aujourd'hui, arnaquant mes employeurs pour préparer l'arrivée de mes créateurs. Jade est venue au monde avec l'ADN extraterrestre faisant d'elle une fille du nouveau monde et elle n'est pas la seule car je ne suis pas le seul cobaye sur lequel les extraterrestres ont expérimenté. Moi-même et mes semblables avons tous enfanté des êtres qui ne sont pas humains. À la vitesse qu'évolue notre race, mon ami, bientôt, tu seras l'un des derniers terriens vivant sur cette terre. »

Thomas resta figé pendant quelques instants ne sachant pas trop quoi dire. Puis soudainement, il éclata de rire.

« Des extraterrestres ? C'est ça la fin de l'histoire ? Vous avez été transformé en extraterrestre ? Ha ! Ha ! Ha ! (Il se tourna vers Jade.) Et elle est une enfant venant d'un autre monde ? Ha ! Ha ! Ha ! Elle est vraiment nulle votre histoire. »

Lorsqu'il se retourna vers Richard, ce n'était plus le père de Jade qui était assis sur le lit, mais un monstre. En fait, on pouvait reconnaître certains traits du père de Jade sur la chose qui se tenait là. Ses yeux étaient exorbités, pendus au bout de tentacules tournoyants devant son nez, le visage était déformé, allongé et lorsqu'il ouvrit la bouche, des centaines de petites tentacules s'en échappèrent. Lorsque la chose qu'était devenu Richard se leva, Thomas remarqua qu'il avait grandi et devait se tenir courbé pour ne pas toucher le plafond. Finalement, le monstre tendit une main démesurément grande dans sa direction, prête à l'agripper. Terrifié, Thomas était incapable de bouger.

« Papa ! hurla Jade. Ne fais pas ça ! »

Richard cessa de bouger. Jade donna un coup de pied à Thomas qui, sortant de sa torpeur, détala comme un lapin en hurlant à la mort. Le père de Jade reprit sa forme humaine et en compagnie de sa fille, ils regardèrent l'adolescent fuir dans la rue alarmant tous ceux qu'il croisait.

« Merde ! Papa, tu ne pouvais pas t'empêcher de faire le coup encore une fois.

- Ce n'était pas un bon garçon pour toi. Le jour où tu me présenteras un gars bien, je te promets de garder cette histoire pour moi.

- Et c'était quoi ces conneries sur l'invasion du monde ? »

Richard se mit à rigoler avant d'ajouter :

« Ça devrait l'aider à se reprendre en main. S'il croit que ses jours sont comptés, il va peut-être apprécier la vie à sa juste valeur. »

Malgré la frustration d'avoir perdu un autre prétendant et le fait qu'elle serait à nouveau crainte de tous à l'école, Jade ne put s'empêcher de se mettre à rire avec son père.

LA THÉRAPIE DE GEORGE LE PEUREUX

George avala la dernière gorgée de sa bière, rota et cogna le verre sur le bar avant de s'écrier :

« Chienne de vie ! »

L'exclamation eut pour résultat d'arrêter toute action dans le bar pendant quelques secondes, même la musique semblait s'être arrêtée sur une note aiguë.

Bob, le barman, se retourna vers son client en essuyant un verre.

« Dis, avec autant de conviction, je suis prêt à te croire, lança le barman, mais entre toi et moi, la chienne en question, n'était-elle pas ta princesse il n'y a pas si longtemps ? »

George éclata de rire, il balança la tête en arrière tout en gloussant. Dans le mouvement, il vacilla sur son tabouret et faillit se retrouver sur le plancher.

« Voilà tout ce qui me manquait, un peu de psychologie de brasserie. »

Il pointa Bob du doigt tout en continuant de rigoler.

« Il n'est pas question d'une femme, monsieur le barman, sinon la crainte que mon pénis me quitte sous prétexte de non-utilisation. » Nouvelle crise d'hilarité. « Si c'était une femme mon problème, je n'aurais pas de problème. »

George baissa la tête et cessa de rire si soudainement que Bob crut qu'il s'était endormi. Le corps de son client fut alors secoué de spasmes et le barman comprit qu'il ne dormait pas, il pleurait.

« Si je n'avais pas si peur de mourir, je me suiciderais.

- Allons, ça ne peut pas aller aussi mal. »

Entre deux sanglots, George lui répondit :

« Tu ne sais pas de quoi tu parles, tu n'es pas dans ma peau. »

Il releva la tête, prit son verre de bière vide, contempla le fond pendant quelques secondes comme s'il se demandait s'il devait le faire remplir, puis ajouta :

« De toute façon, je suis déjà mort. Quelqu'un qui vit constamment dans la peur est mort dans l'âme. »

Bob le barman, légèrement étonné par la confession de son client se rendit compte qu'il était figé, un verre dans une main, son linge à vaisselle de l'autre. Il ne bougeait pas, absorbé par le problème de George. Il se força à sortir de sa torpeur et demanda :

« De quoi est-ce que tu as peur ?

- De tout, s'exclama George en pointant son doigt dans toutes les directions; il ne se rendit pas compte qu'il le passa sous le nez de son voisin de droite qui écoutait lui aussi son histoire avec attention. J'ai peur de vivre, j'ai peur de mourir, c'est sans issue. »

Son menton retomba sur sa poitrine et les spasmes recommencèrent accompagnés de sanglots.

« Allons, ça ne peut pas aller aussi mal », lança Bob.

George frappa furieusement sur le bar faisant à nouveau taire tout le monde dans la brasserie. Cette fois, par contre, il prit conscience du soudain silence et la gêne le gagna. Il dit tout de même à Bob :

« Ça fait deux fois que tu dis ça, mais c'est loin d'aider.

- Désolé. »

Tranquillement, les gens recommencèrent à discuter aux tables et George cacha son visage dans ses mains. Il essuya ses larmes sachant pertinemment que tout le monde dans le bar l'avait vu pleurer. Bob posa devant lui un petit verre rempli d'une boisson forte.

« Je te l'offre, annonça-t-il. Ça va te faire du bien et après tu pourras me raconter ton histoire. Si tu veux. »

George, honteux, posa les yeux sur le verre de boisson mais n'osa pas regarder Bob en face.

« On pourrait en avoir pour toute la nuit.

- Si ça peut te faire du bien, on est là pour t'écouter. »

La personne qui venait de parler était son voisin de droite. George comprit alors que son auditoire ne se limitait pas au barman. En plus de son voisin de droite, quelqu'un s'était assis à sa gauche et deux femmes étaient maintenant plantées derrière lui. Une main réconfortante se posa sur son épaule, un geste chaleureux qui le poussait à raconter son histoire.

« Bon ! » s'exclama-t-il.

Il attrapa le verre de boisson et l'avala en une seule gorgée. Il cogna le godet sur le comptoir, se mit à se tortiller sur son tabouret en laissant échapper un raclement de dégoût.

« Putain, c'est dégeulasse mais ça fait du bien. »

Il toussa un bon coup puis demanda :

« Par où est-ce que je commence ?

- À toi de le dire, répondit Bob, c'est ton histoire.

- D'accord, je vais commencer par le commencement alors. »

George prit une bonne inspiration, rota et débuta son récit.

« Je suis le plus grand peureux de la création. »

Son affirmation fit rire ses auditeurs. George sourit puis continua :

« C'est comme ça depuis ma naissance, depuis les premiers instants de mon existence. Lorsque mon petit corps chétif a été expulsé du corps de ma mère, je me suis mis à pleurer tellement j'étais terrifié.

- Si j'étais toi, s'exclama le barman, je ne m'inquièterais pas trop pour ça, j'ai eu la même réaction lorsque le médecin m'a mis la main au cul.

- Non ! s'écria George, le docteur ne m'avait pas encore donné la fessée, en fait il n'a pas eu besoin de le faire car au moment même où je suis sorti, je me suis mis à pleurer. Comme si le fait de venir au monde m'effrayait à un tel point que la seule façon que j'avais de l'exprimer c'est en pleurant.

- Sans doute qu'une situation semblable a dû être répertoriée dans le milieu médical. »

George tapa sur le comptoir, furieux qu'on le contredise.

LA THÉRAPIE DE GEORGE LE PEUREUX

« Je m'en fous. Je m'en contrefous. J'en ai rien à foutre qu'il y ait des bébés braillards dans le monde qui se mettent à pleurer avant qu'on leur donne la fessée. Je m'en fous que ce soit une nouvelle mode ou n'importe quelle autre connerie. Il n'y a pas un médecin qui va venir me dire que c'est normal ou non, je sais que je pleurais parce que j'étais terrifié.

- Désolé vieux, s'excusa le barman, je ne voulais pas te contrarier. »

George leva vers lui des yeux humides. Il secoua la tête en sanglotant doucement puis, il dit d'une voix rendue aiguë par l'émotion :

« C'est moi qui m'excuse, je me suis emporté. »

Il sanglota encore un peu. Le gars assis à sa droite lui tapota gentiment l'épaule tandis qu'une main féminine venant de sa gauche lui massait la nuque. La femme souriait doucement comprenant la douleur de George. Soudainement, il releva la tête et continua son histoire.

« Quand j'étais jeune, j'avais peur de tout, et quand je dis tout, c'est tout. J'avais peur du noir, j'avais peur pendant les orages, j'avais peur des clowns, j'avais peur des manèges à la foire. J'étais tellement trouillard que j'avais même peur de l'incroyable Hulk lorsque ça jouait à la télé. Je me mettais à pleurer dès qu'il devenait vert. Pourtant, Hulk, c'est un bon gars, un peu colérique peut-être, mais c'est un bon gars. »

George se rendit compte que des personnes derrière lui rigolaient de ce qu'il venait de dire. Il se retourna vers la source de cette hilarité et vit deux hommes appuyés sur une table de billard qui avaient cessé leur partie pour écouter l'histoire de George. Les deux gars lui souriaient chaleureusement et il décida donc de continuer.

« Ce qui m'empoisonnait la vie plus que tout, c'était ma peur de mourir. J'en ai passé des nuits blanches à calculer le temps qu'il me restait à vivre. Il y a des gens qui comptent des moutons pour s'endormir, moi je comptais les années avant ma mort et ça m'empêchait de dormir. Peu importe comment je calculais et même en étant optimiste, le décompte restait assez limité. J'ai alors commencé à compter en secondes. Le chiffre étant plus astronomique je trouvais plus rassurant de ne jamais pouvoir calculer exactement le temps qu'il pouvait me rester. Ça fonctionnait bien jusqu'à ce que je comprenne la vitesse à laquelle les secondes s'égrenaient. J'étais démoli et je ne voyais pas ce que je pouvais faire. En fait, il n'y a rien à faire sinon se résigner à mourir. »

Sa phrase resta en suspend. Il était perdu dans ses souvenirs où tous les instants de sa vie étaient voués à craindre la faucheuse. Il y avait une telle douleur dans ses yeux que Bob le barman aurait voulu dire quelque chose pour le réconforter, mais malheureusement, la seule chose qui lui venait en tête était : « Allons, ça ne peut pas aller aussi mal », mais George et lui-même avait convenu que ça ne donnait pas le résultat voulu.

Jean, le gars assis à la gauche de George vint combler le silence en lui posant une question.

« Tes parents n'ont jamais rien fait pour t'aider ?

- Oui, répondit George en tournant la tête vers son auditeur. Ils étaient très compréhensifs et ils étaient prêts à tout pour m'aider, mais dis-moi ce qu'ils pouvaient faire pour m'aider ? Ils ne pouvaient pas me guérir par un baiser sur le " bobo". Aucune sorte de crème glacée ne pouvait me faire oublier ma douleur. Ils ne pouvaient même pas imaginer à quel point je souffrais, ce n'est pas eux qui vivaient avec ce mal incurable.

- Je sais bien, mais ils auraient pu t'envoyer consulter un psychologue.

- Oh ! Ils l'ont fait mais devine quoi, même les psychologues me faisaient peur. Puis un jour, j'ai eu moins peur d'eux, lorsque j'ai compris que ce n'était qu'une bande de crétins qui se masturbent en regardant leurs nombreux diplômes. (Les fous rires de son auditoire l'encouragèrent à continuer sur sa lancée.) Ils sont tellement fiers de leur statut, de tout l'argent qu'ils font à répéter sans cesse aux gens que leurs problèmes sont dans leur tête et que tant qu'ils ne réaliseront pas cela, ils seront malheureux. Wow ! Des années d'études pour dire les mêmes conneries que la conne qui travaille pour la ligne astrologique à 5,99 $ la minute.

- On voit tout de suite que tu ne les portes pas dans ton cœur.

- Pas vraiment, je les emmerde tous. (Il fit une pause.) Tous, sauf la docteure Jackson.

Encore une fois, le silence se fit dans le bar. George semblant s'être à nouveau perdu dans le passé. Comme si elle était entraînée par le poids de ses pensées, sa tête se pencha en avant, descendant tranquillement. Certains pensèrent qu'il s'était endormi sur son siège lorsque soudainement il se redressa.

« Contrairement aux autres crétins diplômés que j'avais rencontrés, la docteure Jackson savait de quoi elle parlait. Elle écoutait attentivement chacune de mes phrases, le ton sur lequel je les disais, les tournures que je leur donnais et ensuite, elle réussissait à me poser LA question qui m'embarrassait le plus. Elle me terrifiait au plus haut point. »

Bob n'était pas sûr de comprendre comment une psychologue pouvait faire peur à un enfant. En fait, la seule image de psychologue qu'il avait en tête était celle d'une femme au corps de rêve qui accomplissait ses thérapies en baisant avec ses clients. C'est du moins ce qu'elles faisaient toujours dans les films qu'il regardait et c'était loin d'être terrifiant.

« Elle avait des yeux bizarres, elle m'observait très fixement comme si elle essayait d'entrer dans ma tête pour aller y chercher les informations dont elle avait besoin. Le plus inquiétant, c'est que je crois bien qu'elle réussissait.

- Alors, elle était bonne, conclut le barman.

- Oui, excellente et j'ai continué à la voir durant plusieurs mois. Au fil de nos rencontres, j'allais de mieux en mieux. Puis, un jour, elle m'annonça que j'étais sur la voie de la guérison et que nos rencontres n'étaient plus nécessaires. La peur qu'elle provoquait chez moi s'était lentement transformée en respect et en confiance et donc, suivant ses conseils, je cessai de la voir.

- Qu'est-il arrivé ? demanda Jean.

- Elle avait raison, je me sentis bien pendant un temps... »

Tous attendaient la suite de l'histoire, mais George ne parlait plus. Sa lèvre inférieure tremblait et ses yeux se remplissaient de larmes. Il retenait de toutes ses forces un sanglot qu'un affreux souvenir avait fait remonter à la surface. Bob eut un vieux réflexe de barman et fit couler de la bière dans une chope avant de la glisser devant son client. George l'attrapa et la porta à sa bouche mais il ne but pas. Il se servait de la boisson pour cacher le rictus de douleur qui lui déformait le visage.

« Il est arrivé quelque chose qui t'a fait retomber dans la peur ? »

George fit oui de la tête.

« Quoi ?

- Mes parents sont morts. »

Bob baissa la tête, mal à l'aise, comme fit une bonne partie des gens présents dans le bar. Certains d'entre eux connaissaient la douleur que l'on pouvait ressentir lorsqu'on perd un être cher. Ils pouvaient donc imaginer ce qu'avait dû ressentir le jeune George, devenu orphelin alors qu'il avait autant besoin de ses parents.

De nouvelles mains entrèrent en contact avec George, lui caressant le dos ou lui tapotant les épaules. Tout d'abord surpris, George dévisagea les gens qui lui prodiguaient toute cette affection, mais voyant plusieurs paires d'yeux remplis de compassion, il ne put réfréner davantage ses pleurs et s'écroula sur le comptoir, fondant en larmes.

Le silence était complet dans le bar sinon les sanglots de George. Le juke-box était muet, les parties de billards étaient terminées et on ne buvait de la bière qu'à petites gorgées car tout le monde était intéressé par l'histoire de George le peureux.

Il y eut un couple d'armoires à glace, sans doute « doormen » dans un quelconque club du centre-ville, qui voulut entrer dans le bar mais on leur demanda gentiment de quitter les lieux. Ils rouspétèrent un peu mais les deux habitués de la place qui leur barraient le chemin n'eurent pas à répéter une deuxième fois leur invitation à quitter les lieux (George crut entendre un grognement). Les deux mastodontes devinrent soudainement blancs comme des draps et quittèrent les lieux sur le champ.

Bob s'était approché un tabouret et s'assit tout près de George, remettant à plus tard le nettoyage de la vaisselle sale. Lorsque les sanglots de son client se firent moins importants, il demanda :

« Tu veux continuer ? »

Se rendant soudainement compte de l'attroupement de gens présents pour l'écouter, il dit :

« Pourquoi pas ? Je n'ai plus besoin de m'inquiéter de ce que peuvent

LA THÉRAPIE DE GEORGE LE PEUREUX

penser les gens. »

Il avait raison. Peu importe le regard qu'il croisait, il ne voyait que de la compassion et de la tendresse, l'incitant à continuer son histoire. Il se demanda ce que ces gens pouvaient bien trouver de si extraordinaire dans ce qu'il racontait. Peut-être voulaient-ils qu'il laisse sortir tout le mal que lui provoquaient ses peurs ?

« Bon ! Si ça vous intéresse tant que ça, je continue. »

Il attrapa la chope de bière, en avala une bonne gorgée et fut prêt à raconter.

« Donc, un jour, j'avais 14 ans à l'époque, mes parents décidèrent de partir en voyage, jugeant que j'étais assez vieux pour passer deux semaines seul et que ça me serait bénéfique pour vaincre mes peurs une bonne fois pour toute. Les deux semaines se sont passées à merveille, aucune crainte ne venant assombrir mes journées. Le jour de leur retour, j'avais fait le grand ménage dans la maison car il est vrai que je m'étais un peu laissé traîner durant ces deux semaines. J'étais donc en train de passer la balayeuse partout dans la maison lorsqu'on sonna à la porte. C'était oncle Tom. Il me demandait d'être fort car l'avion qui devait ramener mes parents s'était écrasé et qu'il ne restait pas assez de morceaux d'eux pour s'occuper de moi. »

Jetant un regard aux alentours, George ne vit aucun sourire sur aucun visage lui confirmant qu'on ne rit pas avec la mort. Mine de rien, il décida de continuer.

« L'oncle Tom m'expliquait gentiment que j'irais vivre avec lui et sa charmante femme, mais moi j'avais l'impression d'être dans un aquarium. Les sons étaient assourdis et parfois ils n'avaient pas la même signification qu'on leur donne en temps normal. Il me parlait de funérailles pour mes parents, mais je ne comprenais pas ce qu'il voulait dire. Les funérailles, c'était fait pour les personnes âgées, pas pour mes parents qui étaient tout juste au début de la quarantaine. Il parlait d'héritage et de placements d'argent, tous des sujets qui intéressaient grandement les adultes mais dont se foutait au plus haut point un adolescent de 14 ans. De toute façon, la seule chose qui me trottait dans la tête était que la mort pouvait m'attendre à n'importe quel coin de rue. Ce que je croyais être une maladie de vieille personne pouvait m'infecter même à l'âge que j'avais.

- Je suppose que tu as recommencé à aller en thérapie.

- Exactement. J'ai recommencé à voir la docteure Jackson, mais cette fois la thérapie dura plusieurs années. La blessure étant encore plus profonde, elle nécessitait de plus grands soins pour espérer la guérir. Le temps passa, je devins majeur et je partis étudier à l'université quittant mon oncle Tom et la docteure Jackson. Selon elle, j'étais bien préparé à combattre mes peurs et à nouveau, ses services ne m'étaient plus nécessaires.

- Mais ça n'a pas fonctionné ? demanda une femme derrière lui.

Sans se retourner, George répondit :

« Oui, ça fonctionnait. Ça fonctionnait même très bien. Dre Jackson m'avait appris que la construction de la confiance en soi était comme un château de cartes. Chaque peur que l'on affronte et que l'on vainque, est une nouvelle carte que l'on ajoute à notre château. Tout au long de sa construction, le château reste fragile et il faut beaucoup de patience et de courage pour empêcher qu'il ne s'écroule. Mais un jour, à force de le construire, carte après carte, il devient si grand et si majestueux qu'il se transforme en un vrai château, solide comme le roc, impossible à démolir et il nous est possible d'y vivre heureux et en sécurité.

- Wow ! s'exclama le barman.

- C'est magnifique, affirma la femme à sa droite.

- Oui, c'est magnifique, ajouta George. Mais elle avait tort. Je croyais avoir réussi à transformer mon château de cartes en un fort de pierre, mais quelqu'un a réussi à le détruire. Il m'a ramené sur terre durement et a détruit ma confiance jusqu'à ses fondations.

- Qui a fait ça ? » demanda rageusement un homme derrière lui.

George se retourna pour voir cet homme en colère. Un brasier au fond des yeux, il représentait la haine à l'état pur. George était surpris qu'un parfait inconnu puisse en arriver à cette réaction. S'il était vraiment en colère contre la source de son malheur, il prenait rapidement parti pour quelqu'un ou bien George racontait vraiment bien ses histoires.

LA THÉRAPIE DE GEORGE LE PEUREUX

« Il s'appelle Ramon Mendes. C'est une brute, un criminel et même un tueur et je le connais depuis mon enfance. Nous allions à l'école primaire et déjà à l'époque, il se faisait un plaisir de me brutaliser. C'était le bagarreur de l'école, une vraie peste, même les professeurs avaient peur de lui. Plusieurs fois, il m'a cogné, taxé, humilié et moi, peureux comme j'étais, je finissais toujours par raconter que j'avais trébuché quelque part pour pouvoir expliquer la provenance de mes ecchymoses. J'inventais tout ça pour ne pas recevoir encore plus de baffes. Je disais que les professeurs avaient peur de lui, tous sauf madame Temple, notre enseignante à l'époque, qui avait grandi seule fille dans une famille de huit enfants, dont sept garçons. Elle avait appris à recevoir des coups et à les rendre lorsque nécessaire et donc, une petite frappe de troisième année ne la terrifiait pas vraiment. Un jour, elle l'a attrapé alors qu'il était en train de m'imprimer le logo de sa bague sur le visage et on m'obligea à raconter les nombreuses fois où il m'avait fait souffrir. Mon témoignage ainsi que ceux d'un nombre incalculable de ses victimes, combiné à celui de madame Temple dont le tibia était dissimulé derrière une série d'ecchymoses, permit d'envoyer le jeune Ramon dans une école de redressement. Pour lui, c'était le début d'un long cheminement, d'établissements pour jeunes délinquants jusqu'à tout récemment, le pénitencier d'où il a réussi à s'évader. »

Encore une fois, George cessa de parler. Il était évident que la suite de l'histoire lui était pénible. Pour la raconter, il allait devoir revivre des événements qu'il préférait oublier. Par contre, il n'était plus seul car tous les occupants du bar étaient là pour le soutenir et attendaient patiemment qu'il ait le courage de terminer son récit. George prit donc une grande inspiration et entama la dernière partie de son histoire et l'une des plus pénibles expériences de sa vie.

« Dernièrement, j'ai commencé à sortir avec une fille charmante. C'est une de mes collègues de travail et nous travaillions ensemble depuis environ trois mois. Vous en doutez sûrement, mais ça faisait trois mois que j'essayais de me convaincre de l'inviter à sortir. Il y a quelques semaines, je suis passé par-dessus ma gêne et je l'ai invitée à souper et c'est avec le plus radieux de tous les sourires qu'elle m'a répondu qu'elle en serait ravie. De fil en aiguille, nous avons donc commencé à nous fréquenter régulièrement. »

Dans le bar, l'humeur devint plus joviale, l'histoire de George prenant une tournure romantique. La femme à la droite de George semblait rêvasser, les imaginant tous les deux, amoureux et passionnés comme le sont tous les jeunes couples. Même le ton que George utilisait pour raconter cette partie de l'histoire était plus léger.

« La semaine dernière, nous sommes allés au restaurant et au cinéma. Le film terminé, je l'ai reconduit chez elle mais pendant le trajet, elle m'a fait comprendre très clairement ses intentions pour le restant de la nuit. (Il sourit se rappelant ses yeux pétillants.) Prétextant vouloir aller acheter une bouteille de champagne, je suis parti en quête d'un dépanneur encore ouvert pour acheter des condoms. »

Toute gaieté quitta la voix de George.

« Le trajet le plus rapide pour se rendre à ce dépanneur passait par une petite ruelle très sombre. Voulant tout d'abord faire un détour par une route plus éclairée, la voix de la docteure Jackson me rappela qu'il fallait constamment rajouter de nouvelles cartes à son château pour le rendre toujours plus grand et majestueux. Ne reculant devant rien pour me convaincre que j'étais désormais un trompe-la-mort, j'ai décidé de passer par la ruelle pour me rendre au dépanneur. C'est rendu à mi-chemin que je l'ai entendu.

- Entendu quoi ? demanda Bob. Sa voix ?

- Son rire, répondit George. Son rire sadique, cruel qui me faisait me sentir petit et minable. Un gloussement qui, à lui seul faisait chanceler la structure de mon château. »

George s'arrêta de parler pour prendre une gorgée de bière et grimaça car elle s'était réchauffée à la température ambiante. Bob se leva et s'empressa de la lui remplacer par une froide. George le remercia et en but une lampée pour atténuer le goût amer laissé par la dernière. Puis se rappelant soudainement ce qui venait ensuite dans son récit, il en prit une deuxième pour s'encourager à continuer.

LA THÉRAPIE DE GEORGE LE PEUREUX

« C'était Ramon, l'être terrifiant qui m'avait martyrisé une bonne partie de mon enfance. C'est à la lueur d'une allumette qu'il gratta pour s'allumer une cigarette que je pus voir son visage. Le problème c'est que lui aussi, il m'a reconnu. On aurait pu croire qu'après toutes ces années à se brûler la cervelle avec toutes sortes de drogues, sa mémoire aurait pu être affectée mais bien au contraire. Il m'a expliqué qu'il me tenait pour responsable de toutes les merdes qui lui sont tombées sur la tête depuis le jour où il a été envoyé en maison de redressement. Cette haine a gravé au fer rouge mon visage dans sa mémoire.

- Quel trou de cul, s'exclama quelqu'un derrière George.

- Soudainement, cria George faisant sursauter certains de ses spectateurs, vif comme l'éclair, il m'a attaqué et j'ai eu l'impression d'être frappé par un train. J'ai essayé de me protéger, mais les coups venaient de partout. Quand je protégeais mon visage, c'est mon ventre qui recevait les coups et vice versa. J'ai fini par m'écrouler au sol et j'ai tenté de fuir en rampant mais il m'a ramené rapidement à lui, me râpant le visage sur l'asphalte. Puis, il s'est mis en tête de me remodeler le corps à coups de pieds dans les côtes, au visage, dans les couilles… Et chaque fois qu'il me frappait, il poussait un de ses rires démoniaques. Je me suis senti défaillir, la douleur devenait insoutenable. Il a alors cessé de me frapper pour me braquer un pistolet sur la tête. J'ai senti le métal froid sur ma peau lorsqu'il a fait glisser le canon sur mon visage pour venir me le pointer entre les deux yeux. »

Il m'a dit : « C'est l'heure de mourir, Georgie. Souffre tes derniers instants. » J'étais terrifié et je pleurais comme un bébé. Mes larmes se mêlaient à mon sang pendant que je hurlais mon désarroi. Loin de s'émouvoir, Ramon prenait plaisir à me voir me tortiller de peur comme le ver au bout d'un hameçon qui sait très bien ce qu'il l'attend. C'est son hésitation à me tuer, puisqu'il prenait trop de plaisir à me voir souffrir, qui m'a sauvé la vie, parce que sortant de nulle part, un flic en uniforme a crié à Ramon de jeter son arme et de se coucher au sol. Ramon lui a répondu en tirant dans sa direction. Il a pris ensuite la fuite en me promettant de me faire la peau avant de disparaître au coin de la rue. »

PLANS DIABOLIQUES

George finit sa bière d'une traite, déglutit puis se retourna rapidement et se pencha en annonçant :

« Je vais dégueuler ! »

Il eut le haut-le-coeur pendant quelques instants, mais finalement c'est un gros rot guttural qui s'échappa de sa bouche.

« Fausse alerte ! Ce n'est que la grenouille qui avait envie de s'exprimer. »

Tous se mirent à rigoler dans le bar et George ne put s'empêcher de les accompagner. Lorsque l'hilarité générale diminua, il compléta son récit.

« Je n'ai pas pu raconter aux policiers que j'avais trébuché sur quelque chose pour me retrouver dans cet état. Ils m'ont promis d'arrêter Ramon, de le renvoyer en prison et qu'avec mon témoignage, il sortirait de prison juste à temps pour participer à son propre enterrement. Ce que les policiers ne comprenaient pas, c'est que Ramon Mendes m'avait fait beaucoup plus de mal que les blessures qui apparaissaient sur mon corps. Il a, en quelques instants, anéanti tout ce que j'avais bâti en presque deux décennies pour en arriver à vivre décemment. Il ne m'a pas seulement fait saigner ou arracher quelques lambeaux de peau, il m'a détruit intérieurement. C'est ça, il m'a détruit. Désormais, je n'ai plus le courage de rien faire. Je ne travaille plus, j'ai démissionné car je n'ai plus la tête à me concentrer sur mon travail. Ma petite amie m'a quitté, elle n'a plus du tout envie d'un homme qui sursaute lorsqu'il voit son propre reflet dans le miroir. Je me demande même comment j'ai eu le courage de venir jusqu'ici. »

Pendant qu'il réfléchissait à la question, les occupants du bar se mirent à sourire se regardant les uns les autres. Croisant le regard de certains, George remarqua que pour la plupart, la malice avait pris la place de la bienveillance. Du fond des brumes de l'alcool, la peur vint hanter George. Ils allaient lui faire du mal, il en était convaincu. Le silence commença à lui peser lourdement sur les épaules mais la voix chaleureuse du barman se fit entendre.

« Dis-toi que c'est plutôt le destin et non le courage qui t'a mené ici ce soir car nous avons une solution à te proposer. »

George sursauta car il n'était pas venu chercher une solution à ses problèmes mais un moyen de les oublier le temps de quelques bières. De plus, il se demandait bien comment le barman connaissait son prénom car il ne se rappelait pas du tout l'avoir mentionné. Il observa sa chope qui s'était remplie par magie (et par l'expertise de Bob) et se dit que sa mémoire y flottait sans doute quelque part et tenta de l'avaler en vidant la moitié du verre. Il s'essuya la bouche du revers de la main puis sourit tristement au barman.

« Dis toujours. Si tu crois pouvoir guérir en quelques instants ce que je n'ai pas pu pendant toute une vie, je suis tout ouïe. »

Satisfait, Bob lui sourit. La bienveillance brillait à nouveau dans ses yeux comme dans ceux des gens aux alentours et George commença à se sentir mieux.

« En fait, la solution à ton problème, ce n'est pas moi qui l'ai mais un très vieil homme qui habite à la sortie de la ville. C'est un ermite qui vit seul dans sa maison en forêt. Il est toujours prêt à offrir sa sagesse à qui veut bien la recevoir. Il venait ici auparavant, en quête d'âme en peine qu'il s'empressait d'aider mais dernièrement, il reste enfermé chez lui, attendant qu'on lui envoie de la chair fraîche. »

Bob rit à la suite de sa phrase, puis il reprit.

« Chacune des personnes qui t'entoure ce soir a vécu des situations semblables aux tiennes. Ils ont tous vécu une époque où la peur était si présente dans leur vie que ça les empêchait de vivre sainement leur existence. Adam, le vieil homme, les a tous aidés, moi le premier, à reprendre le contrôle de notre destinée. »

Jean posa sa main sur l'épaule de George et dit :

« Lorsque ma femme est morte l'an dernier, j'ai été foudroyé par une douleur qui me poursuivait inlassablement. Je sentais le souffle de la mort sur ma nuque et mon existence a été pourrie par la peur. Peu importe où j'allais ou ce que je faisais, l'ombre de la faucheuse était toujours là pour me rappeler que mon temps était compté. Adam m'a guéri de ma peur d'une façon si formidable... »

Il suspendit sa phrase, un sourire aux lèvres, se remémorant l'événement le plus merveilleux de sa vie.

« Je vivais dans une peur constante de mon petit ami, lança une femme derrière George. Il me battait autant physiquement que moralement. J'ai rencontré Adam et il m'a montré à ne plus avoir peur ni de mon petit ami, ni de rien. »

George bondit sur ses pieds, chancelant. Il était terrifié car il comprenait ce qui se passait ici, il était au beau milieu d'une bande de fanatiques.

« Ça m'a tout l'air d'être le gourou d'une secte, votre Adam. Il vous a tous lavé le cerveau avec ses lubies. Très peu pour moi. »

Se dirigeant vers la sortie, plusieurs mains se posèrent sur lui pour l'empêcher de s'enfuir. Bizarrement, George ne se sentait pas agressé par ces mains, chacun des doigts qui le touchait semblait être conducteur d'une paisible énergie. Il se rassit face au barman.

« Ce n'est pas une secte, loin de là. Adam ne veut rien de toi, tout ce qu'il veut, c'est t'offrir le plus beau cadeau que tu peux recevoir. Vivre constamment dans la peur comme tu le fais, ce n'est pas une vie. Crois-moi, je sais de quoi je parle. Adam peut te guérir, mais tu dois aller le voir.

- OK, dit George. J'irai sans doute le voir un jour.

- Pas un jour, ce soir.

- Quoi ?

- Je ferme le bar dans vingt minutes et ensuite, je t'accompagne chez Adam.

- Mais…

- Pas de mais. Ce soir, une nouvelle vie va commencer pour toi. »

George se demanda comment il avait pu se retrouver là. Il était assis dans une voiture avec Bob le barman et ils étaient en chemin pour une obscure destination. Il savait qu'ils s'en allaient rencontrer Adam, mais il ne savait foutrement pas qui il était et ce qu'il pourrait bien faire pour l'aider.

Sinon lui mettre une balle entre les deux yeux.

Cette pensée le fit angoisser. C'était peut-être bien l'intention de Bob et Adam. Ils le tuent, l'enterrent dans un champ de blé d'inde et l'on n'entend plus jamais parler de lui. Il se demanda comment il avait pu se laisser convaincre aussi facilement. Il est vrai que les occupants du bar

LA THÉRAPIE DE GEORGE LE PEUREUX

l'ont pratiquement assis de force dans la voiture de Bob et qu'ils ont attendu que la voiture soit en route pour se disperser, mais il aurait pu résister et leur dire qu'il ne voulait rien savoir de la guérison d'Adam et qu'il voulait rentrer chez lui et se morfondre sur sa misérable existence.

C'est qu'il y avait quelque chose de très réconfortant chez ces gens, Bob le premier. Ils semblaient vraiment vouloir l'aider et Adam avait peut-être vraiment une solution à ses phobies.

Mais tout de même, il avait peur.

« N'est-il pas un peu tard pour aller déranger Adam ? demanda-t-il.

- Non, répondit Bob. Je l'ai appelé avant que l'on parte. Il nous attend. »

George tenta de se calmer. Il était à la fois terrifié et content d'être là. Il ne comprenait pas ses sentiments et décida de fermer les yeux pour reprendre confiance. Au centre d'un typhon provoqué par la grande quantité d'alcool prise au bar, il crut entendre Bob lui parler. Il ouvrit les yeux pour regarder le barman et demanda :

« Quoi ?

- Nous sommes arrivés. »

George tourna la tête pour voir par le pare-brise la plus décrépie des habitations qu'il ait vue de toute sa vie. Il avait peine à croire que quelqu'un puisse vivre dans une cabane aussi mal entretenue. Il hésita sur ce qu'il devait faire mais Bob sortit de la voiture, la contourna et lui ouvrit la porte. Il l'aida à se mettre debout et le soutint ensuite par les épaules car il ne fallait pas s'en cacher, il ne pouvait plus se tenir debout.

Le barman l'entraîna vers la maison beaucoup trop vite au goût de George, mais lorsqu'il perdit pied, Bob le retint si bien, sans même forcer, qu'il put continuer ses pas comme si de rien n'était. Ils arrivèrent finalement devant les trois petites marches qui menaient sur la véranda (si l'on pouvait appeler cela une véranda) et Bob s'arrêta.

« Adam ! » cria-t-il.

Ils restèrent là, dans le silence de la nuit, Adam ne se manifestant pas. George fixait la porte d'entrée de la maison attendant son messie mais il ne se présentait pas.

« Il n'est peut-être pas là », suggéra-t-il.

PLANS DIABOLIQUES

Comme si l'on avait voulu lui répondre, la porte de la maison grinça en s'ouvrant. Sortit alors de la cabane en ruine un vieil homme dans un piteux état. Il avançait très lentement, s'aidant d'une canne. George voulut même lui offrir de l'aide, trop soûl pour comprendre le comique de la situation. Bob le retint pendant qu'Adam venait prendre place au sommet des trois marches.

Le vieil homme les regarda tous les deux, mais il porta tout particulièrement son attention sur George, l'examinant. Finalement, il tourna la tête vers Bob et déclara :

« Comme toujours, mon ami, tu sais repérer ceux qui ont besoin de mon aide et tel un berger, tu me les emmènes pour que je puisse les sauver.

- Oui, je suis reconnaissant de ce que vous avez fait pour moi et je veux que tous puissent vivre comme je vis désormais.

- C'est très bien, mon ami, tu as une grande bonté qui t'habite et qui te fait honneur.

- Merci. »

Adam reporta son attention sur George. Il souriait et il pétillait dans ses yeux une telle ruse qu'on pouvait se demander si le vieux était vraiment dans un aussi piteux état qu'il voulait le laisser croire.

« Voulez-vous mon aide mon ami ? demanda Adam.

- J... Je suppose, répondit George.

- Je vais prendre ça pour un oui. »

Il regarda Bob et lui fit un petit signe de la tête.

Le barman vint se placer devant George l'empêchant de voir Adam. George fut à nouveau assailli par une crise d'angoisse malgré le ton chaleureux sur lequel Bob lui parla.

« Ça y est. C'est le grand moment pour toi, tu vas avoir peur pendant quelques instants mais ce sera la dernière fois. De plus, je te promets que tout se passera très vite.

- De quoi est-ce que tu parles ? »

La canne d'Adam tomba sur les planches de la véranda et sur le moment, George s'imagina le vieil homme titubant sur lui-même, prêt à tomber face contre terre. Mais un son guttural qui devint le grognement d'une bête sauvage lui fit oublier ses inquiétudes envers le vieil homme. Il s'étira le cou pour voir par-dessus l'épaule de Bob et il fut témoin de la chose la plus terrifiante qu'il ait vécue jusqu'à maintenant; Adam se transformait en loup.

George se mit à reculer, la bête terminant sa métamorphose. Il ne se sentait plus du tout sous les effets de l'alcool, l'adrénaline prenant le dessus.

« Écoute George, si je t'avais dit ce qui allait se passer, tu ne serais jamais venu. »

George reculait toujours et se retrouva assis sur le capot avant de la voiture.

« Crois-moi, c'est pour ton bien, Adam va vraiment te guérir. »

Le loup descendit les trois marches et passa à côté de Bob, ses yeux jaunes fixés sur George. Ce dernier décida qu'il était temps de fuir et prit ses jambes à son cou.

« Ne fais pas ça, hurla Bob. Tu vas manquer toute la beauté de l'expérience.

- Va chier ! hurla George s'enfonçant dans la forêt.

Sa course fut de très courte durée. Lorsque le loup s'élança, il rattrapa sa proie en quelques secondes.

George hurla de terreur, pleura pendant que la bête lui déchiquetait la peau.

Puis il y eut le silence.

Adam avait guéri George de sa peur.

Deux semaines plus tard, ce fut la pleine lune. N'étant pas un loup-garou lui-même, Ramon Mendes était tout de même influencé par la lune. Il avait besoin d'argent pour se payer une dose et décida de faire un retrait en la personne de madame James, une sexagénaire qui mourut le crâne fracassé pour avoir osé lui donner du fil à retordre. Comme la plupart des vieilles connes fortunées du quartier, elle traînait dans sa bourse une importante somme d'argent qui fut suffisante au criminel pour se payer de la drogue et une bouteille de Jack Daniel's. Lui restant un petit montant à dépenser, il se mit à la recherche d'une pute pour combler un autre de ses nombreux vices.

PLANS DIABOLIQUES

Une voiture de police apparut au loin et il s'enfonça dans une ruelle pour ne pas être vu. C'est dans cette même allée qu'environ un mois auparavant, il avait battu et presque tué George. Pour l'instant, il ne pensait pas à ça, il voulait seulement être sûr que la voiture de police continuerait son chemin sans l'avoir vu.

« Ramon », souffla une voix dissimulée dans l'ombre.

Dégainant son arme, Mendes pointa le canon dans la direction du chuchotement. Son premier réflexe aurait été de tirer s'il n'avait pas eu peur d'alerter les flics encore dans le coin.

« Qui est là ? » demanda-t-il.

L'inconnu s'avança jusqu'à ce que son visage soit suffisamment éclairé pour que Ramon puisse le reconnaître. C'était George. Seulement, il avait quelque chose de différent, mais le tueur n'arrivait pas à dire quoi exactement.

« George, gloussa Ramon. Tu sais que tu vas mourir. »

Ne sachant pas pourquoi, Mendes se sentait nerveux malgré les menaces qu'il lançait. Il y avait quelque chose qui clochait avec George. Il comprit soudainement : il n'avait pas peur. Il se tenait là, à découvert attendant presque d'être tué.

Si c'est ce qu'il voulait…

George se mit à marcher dans sa direction, tranquillement, calmement, quelque chose de gracieux dans la démarche. Ça rendit Ramon encore plus nerveux et il n'aimait pas du tout le sentiment.

« On va jouer à un jeu, lui dit George. Tu t'enfuis, je te poursuis, je t'attrape et je te tue.

- Tu n'es pas du bon côté du canon. »

George arriva à la hauteur de Ramon et lui sourit découvrant ses dents. Mendes vit les canines pointues et affûtées de George et ne perdit pas son temps à se demander s'il hallucinait, il appuya sur la gâchette projetant sa victime plusieurs mètres plus loin sans toucher terre.

Il se mit à rire.

« Tu as eu ce que tu mérites, George. »

Il s'approcha du corps, le revolver pendant à sa main. Il était prudent, il se rappela qu'il avait déjà tiré sur un gars à quatre reprises avant que ce dernier veuille bien mourir.

Et il avait vu des dents bizarres dans la bouche de George. De longues canines acérées.

À cette pensée, il tira deux autres balles dans le corps de George pour être certain qu'il ne l'avait pas raté. Il entendit une sirène au loin, la voiture de police faisait demi- tour, alerté par les coups de feu. Il regarda les deux extrémités de la ruelle se demandant quelle serait sa meilleure chance de fuir lorsque ses pensées furent interrompues par un grognement. Lorsqu'il baissa les yeux sur George, ce n'était plus son souffre-douleur qui était couché sur le sol, c'était un loup qui roulait sur lui-même pour se remettre debout.

L'animal se leva sur ses pattes pendant que Ramon, tout en reculant, tenta de lui tirer dessus pour se rendre compte que son arme était vide. La bête retroussa les babines, grognant. Mendes lâcha son arme, se retourna et s'enfuit.

La voiture de police patrouillait le quartier où l'on avait entendu des coups de feu lorsque Ramon sortant de la ruelle sauta sur le capot avant.

Peut-être était-ce la sordidité de la situation ou simplement qu'ils étaient satisfaits du sort réservé au criminel, mais toujours est-il que les deux policiers ne tentèrent rien lorsqu'un loup gigantesque sauta sur Mendes et le dévora devant leurs yeux.

L'animal retourna ensuite d'où il était venu.

Quelques minutes plus tard, les deux policiers osèrent sortir de la voiture, juste à temps pour entendre le hurlement triomphant du loup.

Des recherches furent lancées pour retrouver le fauve, mais elles furent vaines. L'événement fut rapidement considéré comme une légende urbaine, au même titre que les crocodiles dans les égouts de New-York.

George est maintenant un employé du bar où il partage les heures d'ouverture avec Bob. Il est aujourd'hui marié à une jolie habituée du dit bar et ils ont un mignon petit garçon. Comme la plupart des parents, ils trouvent que leur enfant est le plus magnifique bébé d'entre tous.

Il est si adorable lorsque satisfait, il lève la tête au ciel et hurle comme un loup.